# バーサンのつぶやき

株式会社カワシマ代表取締役
川島幸子
Kawashima Yukiko

雄山閣

# 推薦の言葉

元水産庁長官・元林野庁長官　中須　勇雄

「保険のオバサン」「我孫子のオバサン」等々の愛称で霞が関にも多くの友人、知己を持つ川島幸子さんが新たに本を出版されることになった。日頃からパソコンに書きためた自然、社会あるいは日々の出来事への感想、エッセイをまとめて整理したものになると聞いている。

私は川島さんの古い友人の一人だと勝手に思っているが、改めて思い出そうとしても、何時頃、どんな経緯で知り合い、親しくなったか定かではない。

時折り、夕方仕事のない時に神田の川島さんの事務所に集まり、手作りのオツマミを食べながら持寄った飲物で気楽に雑談をするようになり、次第に川島さんの友人達の仲間の一人になっていったようだ。

川島さんと話をしていて思うのは、彼女の自然や人間社会への好奇心の強さを感じるとともに他人への思いやりと同時にある種の厳しさも強く感じることがある。この本の日々の短文の中にも読まれた方は、それを感じるのではないだろうか。ぜひ一読をおすすめしたい。

最後に読者の皆様ではなく、川島さんに対し、長い間色々お世話になったことに感謝し筆を置きたい。

# 推薦の言葉

一般社団法人生態系総合研究所 代表理事　小松　正之

## 政治と日本のへの前向きな意見

この度川島幸子さんが『バーさんのつぶやき』とのタイトルの出版をすることになった。これは、彼女のツイッターの投稿12年間分を集積したものである。一週間に一回のペースで、月四回とは約1000回分に達する大変な数である。一回一回にそれぞれテーマがあり、その事に対する彼女の生き方と考えが反映されている。最も多く書く対象としたテーマは日本の政治に対する憤りとその政治家を生み出した日本の国民性とその国民を作り上げている学校教育と社会教育の問題である。

日本の政治家は戦後直後に比べ教養と考えが不足気味とツィッターでも展開しておられる。そのような政治家への前向きな叱咤激励をする日本人も最近では、本当に数が少なくなった。私も政治家の方々との付き合いは一般の人々より多少あるが、自分の意見を持たない政治家が最近多いと感じるがどうだろうか。

## 元気だった役人

戦後直後と高度経済成長期でまだ農林水産省が元気であった時には、農林水産官僚は政治家と渡り合ったり、諸外国とがっぷり四つで交渉した役人も多かった。

現在では、農業も衰退し、国家としての経済力も落ちた日本は、食糧・食料と農産物を売るためのマーケットの市場としての魅力もなくなり、交渉の相手にもされず、その結果役人も国内での調整力と国際の交渉力も磨く機会が少なくなった。

## 著者との出会いは1978年頃から

著者である川島幸子さんとの出会いは、45年前にさかのぼる。当時は農林水産省もおおらかであった。当時は誰でもが自由に政府の建物の中に入ることができた。水産庁長官室に行くと彼女が長官と親しげに話していた。彼女は損害保険の用事で農林水産省を巡り、各局の幹部ともとてもフランクに話ができる気さくな人柄であった。

私が現役の水産庁課長時代の2005年頃までは、各課内で年末の御用お納めも予算の原案の大蔵省との折衝が終了し、一段落したのに合わせて、各課の中央に置かれたテーブルの上に肴や酒とつまみを広げて、一年の疲れを落としたものである。外から農林水産省を訪問する農業、水産業界と役所OB達の多くの人たちが、その酒席に、満を持したしたように集まって、一年間の憂さを晴らし、お互いに一年の労働をねぎらっていく人が多かった。将来の展望を語る人たちもいた。このような中に川島幸子さんがいつもいた。そして持ち前のにぎやかな声と行動力と気遣いを披露して、座を盛り上げた。そして周囲を和ませた。

## 日ごろの人生の凝縮

この話の延長に今回の出版があると私は思う。役所に出入りし、多くの人とコミュニケーションを取った。また、自分の事務所で対話の場を開いて多くの方々との円滑な人間関係の促進に一役を買った。ご自身の自宅でもそのような場を提供した。そのようなことができる人はなかなかいない

ところでご本人は文才がないという。しかし12年間にわたり1000回近く140文字を書き上げることは、通常の日本人にはないことである。私が知る限り川島幸子さんのような人はいない。簡潔で明瞭な文章である。そして、其処にはご自分の人生が凝縮されており、日本と社会に対する愛情がこもっているのである。

# 『バーサンのつぶやき』目次

# はじめに

忘れる事の出来ない東日本大震災、新御茶ノ水駅に着くのが3分遅れたら地下鉄の中だった。

駅の階段を上り外に出た途端地面が揺れ立っていられない位、ビルもしなる様な揺れかた、人々が道路の真中に歩んで行った。どうする術もなく揺れのおさまるのを待った。交通網はとまり自宅に帰れず事務所に泊った。

それを機に、政治に対する疑問不満が募り何気にバーサンのツブヤキ、十数年経過した。時々雑報（『縄文』会員数２１１名、２０２３年2月で№６４５号発行）にも投稿していた。それを見て本にしないかと勧められ、そうかな？　マサカ冗談と受け留めていたが、恥の上塗りと思いつつ、長く仕事を続けられた事への感謝の気持を込めて、明日が有ると思うな、思い立ったので書こう。

仕事はコツコツ積み上げの努力、兎と亀の物語を座右の銘として、「ゆっくり行くこと恐れるな、立ちどまる事だけ恐れよ」で、途中昼寝することなくひたすら亀のように歩き続け、人とのつながり、人間関係大切に自分らしい人生を生きる事、今できる事を頑張ろう、収穫と喪失の繰り返しが生きる原動力となり今日に至っているが、大海の一滴である。思えば好き勝手にも生きた。

歌舞伎、オペラ、相撲と興味を持ち、好奇心から歌舞伎座は毎月昼夜通い、大向こうから声をかけ、相撲の東京場所は必ず行き桝席で、他諸々楽しんでいる。

育ててくれた応援者の方々の中には残念ながらすでに鬼籍に入られた方も多い。傍で支え続けてくれた人達も今ではママと呼んでくれているが、自分年齢はこれからも通していく（35歳なりたく、戻りたい）。呑兵衛に良くも悪くも長きにわたりつきあってくれている。飲んだ席でなんて云っても35歳だからねと揶揄されている。

コロナ禍で世の中は急激な変り方をしているが、ここまで時代の波に載り過ごしてこられた事はこのうえない倖せである。希わくば生涯現役を貫き通したい。

川島　幸子

# 平成23年／2011年

## 【8月】

油蟬の競い鳴きを耳にし節電と重なり一段と暑さを感ずる。3・11以降何かが変わってきた。物の考え方感じ方も変わり、この国の在り方来し方に不安の日々が募る。目に見えない凶器に振り回され、野菜、肉、そして米までもか……。今すべきことは何であるか、できることは何かと問いつづける日々である。

お盆休暇も終わった。節電もあり今年は多くの人が休暇をとっていたのだろうか、平常時より電話がかからなかった。事故の対応に追われることなく、読書の休日を過ごし、猛暑と格闘しながらも倖せ気分を味わった休日、ありがとう！

白浪五人男でもあるまいに、代表選に5人出たが、菅（直人）首相よりは誰でも良いと思った。政策はあまり違いがなく変り映えもしないテレビをみて、安定感のあったのが野田さんで、千葉県から総理が出るのも悪くないかなあ――なぜなら千葉県人だから。

95代総理大臣誕生。民主党になって2年間に3人、毎年同じようなことが行われている。国民のためにと二言目には言うが、どうみても党利党略しかみえない。本当の意味の国民のための政治をのぞむ。

ラジオを聴いていたらリスナーから、ヌカ床に匂いが出てきたのでなくすためにはどうすればいいですか？と。腐敗しているのでそんなヌカ床を使うのはご法度。毎日ヌカ床に手を入れていれば決して匂いなどでない。ヌカ床は生きているのです。女の人の手には乳酸菌がついているので、掻き混ぜることにより、いい塩梅になる。この私は、毎日、夏は朝、夜2回、冬は1回必ず手を入れている。

## 2011年【9月】

月待ち　9月12日が十五夜満月と重なりるのは6年振り、見事に煌々と輝いていた。9月の月は寝覚月、色どり月、菊開月、十七夜、十九夜、寝待月（夜が更けてから出る）、二十三夜（夜半になってから出る）、二十七夜（夜明け前、東の空に見える）、窓から入る月あかりで本が読めるようだ。これで節電しては……。

茶碗　一楽二萩三唐津というが、志野焼の原蒼愁氏が個展を開いている。見に行ってきた「蒼愁志野」人間と花、神秘、長い時間火の洗礼を受けると志野焼の見事な大作が並び、三傑に優るとも劣らない、感動した。

雨の風景 台風の接近で東京地方も朝から雨が降り続いた。雨傘を差していないときの持ち方に、男性は雨傘を前後に揺らしながら歩くので、うしろを歩く人にぶつかって困ることが多い。女性は片手に固定し持つ人が多い。はてなぜだろう。雨の日の風景でした。

ボローニャのオペラ日本上演を見てきた。病気と称して代役が多い。はたしてそうなのだろうか？カルメンをみて政府と国民の立場が重なった。ホセがささやく、愛している今までの様に縒りを戻そうと。カルメンは深い愛情からついていかない。

政府が国民に、支持してほしいとささやいている。ついていけば殺される、と。

## ２０１１年【10月】

国家公務員給料引き下げが話題に、公務員批判ではないのか。増税の前に国家公務員の給与削減ありき、その前に政治家は、国会と地方の議員数を減らしたら。先ずは隗よりはじめよう!!

朝霞公務員宿舎凍結か中止かが話題となって、どっちにしても違約金が出る。それなら建て、被災者に住まわせたらどうか。いっそのことマンションにして一般に売却し復興費にあてたら？

## 2011年【11月】

千葉の君津に行く機会ができ、緑豊かな山に囲まれのどかな田園地帯。都心から一時間位で全く別世界。しかし里の秋に異変が。猪や鹿、熊までがここ3年ほど出没し農作物を食い荒らし、住民が困り果てているとか。生態系が変わってしまったようだ。

TPP問題、押し通すだろう。これだけ議論をした結果とパフォーマンスで、国益がどうかとか農業だけクローズアップされているが、他の分野はどうなのか。賛成か反対かで二分しているが国民の大部分は内容を理解してないまま。

西岡武夫参院議長の通夜に2000人参列と。奥様の挨拶で東日本大震災や政治のあり方、日本のため命をかけてきたと。当時の菅首相に歯に衣着せず噛み付き、大多数の国民の思いを代弁してくれて喝采した。冥福を祈ります。菅さんは記帳の時間をずらしていた。人間性を垣間見た。

TPP問題、増税、国民不在のまま、無駄としか思えない議論をつくし国益と称して政治判断と、世論を無視し、説明責任を問いたい。民意を反映するために選挙し、国民の審判を受け、付託を受けたら強行してもいい。総理は何人変わったと喚いていた人は何党でしたか。他党（ひと）のことは言えませんね。

ＴＰＰ、国内が二分されているなか、総理の判断を一日遅らせて、曖昧模糊の表現で国内強行突破、ハワイに飛ぶ。日本の現閣僚は海外へ行くと本当にうれしそうだ。満面笑顔、口元は緩み、交渉事前にしてこの顔かと。アメリカから見たら、日本の代表は赤子の手をひねるようなものと写っているのでは。ハワイは32年ぶりなどとのん気なセリフを吐いているときか。

デタデタＴＰＰお化けが、日本を骨抜きにしようと。根底には普天間を念頭において要求をつきつける、したり顔で友達作戦ですから謹んでお受けしますと。大半の国民は理解してないまま、あまりにも情報が少ない。小出し作戦の政府に物申したい。

競馬に行った。のどかな日和のなか東京競馬は賑わっていた。前よりは人は少なくなったというが、それでも多くの人が湧いている。2歳馬の前哨戦、この子たちがこれからどんな名馬に育つだろうかという期待と、ケガせず硝子細工の足を維持し勝負に挑んで欲しいと願った一日であった。

アメリカは小国連合よりは経済大国日本を組することで枠組拡大を図っている。ＴＰＰには中国やインドだけでなくＡＳＥＡＮ加盟国、インドネシア、タイなども参加していない。国内を押し切る形で参加表明したが、これ如何に。

平成23年／2011年11月

日本文化の一つ、酉の市に出かけた。商売繁盛、縁起物の熊手を買い求め、威勢のいい掛け声で、お祝いの三本締め。にわか雨と二の酉のせいか、例年より人手が少なく、長い行列もなくお詣りし、安全安心と震災復興を心から祈願した。

「加藤法子染色展」が成城のギャラリーで開いているので行ってきた。見事な染色技術を磨き、作品の数々に魅了した。古い友人で30数年のつきあい。家庭の主婦から開眼し、ろうけつ染の第一人者となり、第一美術の審査員でもある。一つのことに全力投球し、今日の姿に敬服する。

宮中晩餐会を欠席したり、場所柄を心得ず携帯を使用したり、政治家の質が劣化しているとしか思えない。皇居での晩餐会は何を意味しているか見識がなさすぎる。外国に行けばヤニ下がり、一国を背負っての外交交渉に臨んでいる姿には写らない。世界の要人に会えて嬉しい歓喜にしか見えない。喝!!

仕分けの4日間が終わった。パフォーマンスしている姿を見せるだけ、具体策は見えず仕分けを仕分けしたい。前もそうであったが会場費、仕分け人の日当諸経費を発表して貰いたいものだ。

研修で福島へ行った。渋柿がたわわに実り黄金色に輝いて、昨年まではつるし柿が風物詩であった。風評被害で自然落下を待つ姿は哀れである。温泉宿は支援か全国から老人が多く集まっているようであった。

22日、23日とサントリーホールでベルリンフィルハーモニー管弦楽団を聴いてきた。ホルンの素晴らしさ、舞台に立つ独奏ホルン奏者、客席後の四方に金管楽器奏者を一人ずつ配置、聴手を包み込む見事な演奏に感動。

## 2011年【12月】

今日から師走。日本にとって大変厳しい年だった。東日本震災に始まり、原発事故、超円高、タイの大洪水、ユーロの危機、原発ショックで経済の萎縮、復興復旧も遅々として進まない。増税、年金額を減らすとか、これでは夢も希望も持てない。日本の元気を取り戻す施策を整えてくれるのはいつになるのか。

地位協定 在日米軍で働く軍属が公務中起こした事件・事故について米国が刑事訴追しなかった場合、日本で裁判ができるようになった。日米地位協定運用の改善といった小手先の言いまわしで沖縄に譲歩せよとか、全く曖昧模糊。政府の対応、地位協定自体の更なる改善を求めたい。

オカス発言 防衛局長、記者懇の席でオカス発言。酒のうえの話とは言え、言っていいことといけないことがあるはず。迂闊発言で更迭、オフレコで言ったことを暴露したメディアの道義的責任は如何？ 環境評価表年内提出、国民の知らなかったこと、沖縄も蚊帳の外、抜き打ちに進めようとした政府の策が見えてしまった。

日本政府はＴＰＰ交渉に入ることになっている。国益は守れるのか。アメリカとの締結交渉は一昔前、今と同じようなこと、繊維の輸出規制で安全保障と取引、糸と縄の交渉。あの頃を思い出す。過去をひもとき言われっぱなしでなく、主張はきちんとした交渉を望みたい。

伊達の米規制値超、放射性セシウムが検出確認された。一度は出荷を認められていたが、農家が自主的に検査した結果により判明。あの安全宣言は何だったんだろう。検査体制に問題があったのでは。丹精を込め、米作りに励んだ農家にどう責任をとるのか。

大関稀勢の里誕生。久々に嬉しいニュース。さわやかな口上、自分の今の気持ちをストレートに表現するのには、シンプルな方がいいと思ったと。難しい四字熟語より、はるかに本人の気持ちが現れており、上の地位を目指す心根が伝わってきた。相撲人気回復の起爆剤となれ。

12月1日付『産経新聞』河添恵子さんのコラム、久々に溜飲を下げた。宮中晩餐会を欠席したり、携帯電話を使ったりの非常識極まりない先生方、無駄を省く仕分けの対象。政党助成金なし、議員数削減、ボーナスカット、手をつけて欲しいものだ。

福島のため、日本のため、子供のため除染活動する陸上自衛隊員、防護服に身を固め除染している写真が新聞に出た。災害の時我が身を顧みず取り組む姿に敬服する。それにひきかえトップは職責を果たしたいと辞任せず会期末まで荒れる国会。権力維持の人事には国民はうんざりだ。

社会保障と税の一体改革、素案つくりもままならない。給付手厚さを前面に出している。財源は消費税増税、給付減の段取りのようだが、選挙の影響を考え反対論が広まっている野田政権。消費税を上げる前に足元の無駄をどう考えているのだろう。

12月8日、太平洋戦争が始まった日。昭和16年。奇しくも今日、『山本周五郎戦中日記』を買った。昭和20年までの5年間、戦時下の日常が記録されている。鮮明に写し出され、あんな馬鹿な全国民が苦しんだ戦争は決してあってはならない。いまだ引きずられ終わっていないのが沖縄なのだ。

平成23年／2011年12月

世界を揺るがす欧州の債務危機は、財政赤字を抱える日本も決して対岸の火事だとは済まされない。消費税の引上率と時期、社会保障と税の一体改革案と、このところ決意だの頑張るだの、強気な声が聞こえてくる。その前にしなければならないことがあるはず。選挙で民意を問うべきでしょう。

国会が閉じる。何も決まらぬまま、震災から9ヶ月になったのに。思うような再生ができず、辛うじて復興庁設置法成立3月発足目標、魂も権限もなし、ダルマの如くマニフェストに揚げた政策も。国民より党内調整に手間隙かけて、結局先送り、泥の中から一寸顔出したものの、風波おさまるまでと泥の中。

増税するなら国民に、マニフェスト通りできません理由（?）を総理がしっかり説明すべきだと牽制球を投げた人がいる。正論だと思う。しかし闇将軍のイメージが強く、問責を受けた2閣僚を側用人のため続投。これでは国民は納得も理解もできないだろう。

大震災のあと余震だろうか、地震が多い。ドスンと何かに押し込められたような感じになる。震源地はとテレビ、ラジオをつけて情報を。小さな地震には慣れたが、あの忌まわしい帰宅難民になった状況を思い出させる。それにしても被災地は寒さ厳しく雪に閉ざされて、生活はさぞ辛いことだろう。

国と地方の協議で生活保護制度の改善策をまとめたと新聞記事。働く能力があるのに職業訓練を受けない人は、生活保護を停止。大いに賛成。手を汚したくない、重労働したくないと楽な仕事を求める若者が増えている。無理に働かなくても国が何とかしてくれると、依存症、身勝手人間。自力で生きようとせず他力をあてに。礼節を守り誇りを持った日本人は今いずこに。

12日、沖縄県の米軍普天間基地移設とセットの沖縄米軍海兵隊のグアム移転に必要な予算支出凍結、国防予算削減。米軍のアジア太平洋戦略の中核、移設の具体的進展と資金的貢献を求めている米国、普天間移設の進展を求め日本への圧力は一層強まるだろう。沖縄県民に政府はどう説明し対応するのだろうか。

通勤時間帯とはいえ、優先席に健康そのもの若者が座っている！半身不随の女性が乗ってきたのに知らんぷり。車内放送で体の不自由な方、お年寄りに席お譲り下さい、が寝たふり、ノートパソコン、携帯をしている。若い女性に、あなた達が座る席ではないでしょうと言って、体の不自由な方を座らせたが、思いやり、いたわりマナーに欠けている日本の若者に喝！

12月15日『産経新聞』朝刊に面白いことが載っていた。若者の政治家を見る目。大修館書店が中高生から募集し、国語辞典に載せたい言葉、民主党政権に関する新語。「小沢る」「鳩る」「菅る」「仙谷る」「前原る」……「野田る」は泥臭く頑張る、上手にスピーチする。新語各々の解説は、新聞をご覧下さい。一読をおすすめします。

自転車事故対策本部が設置されたと。車道走行で歩行者優先（弱者救済）。自転車で加害者事故が増えている。賠償金額もかなり高額で、対人、対物、傷害治療費と、自動車と変わらない賠償である。安直な乗り物と考えず、万全の準備をしてから乗りたいものだ。

最近見かけなくなっていたノラちゃんがやってきた。覗いていたので元気だったのと会話した。目を細めて聞き耳立てて。集まりのあとごみの山をあさっていた猫。その時いたずらしないようにと言って聞かせたところ素直に帰った。翌日悪さしなかったでしょうと窓越しに覗いていた。目線でいい子ねと話す。言えばわかるんだ。人間が敵愾心で接するから悪さをされるんだと。猫は賢い。

残り少ない年の瀬となり、この年を振り返ると大きな出来事の連続で、震災の復興もままならず、この国の在り方行く末を思うと不安が募る。北朝鮮の特別放送があるのにトップは得意とする街頭演説に向かったと。何をしでかすか分からない国に対して危機管理の欠如。これでは前首相と一寸も変わらないのでは。

震災のあと転倒し、右側顔面を強打し大変な思いをして、ようやくその傷が癒えたかと、その矢先クリスマス前に工事現場の脇を通って転倒、右側顔面強打し内出血ひどく、益々○美人に変身。大変な年であった。来年こそこんな事のないよう暮らしたいと願っている。

政治、経済も国内外とも悪化の一途を辿っている。先の見えない不安要素が多く、年末ギリギリに社会保障と税の一体改革素案が、その他に消費税増税、普天間と多くの課題に対し、残り少ない年の瀬にかこつけドタバタと駆け込み決定だけはやめて欲しいものだ。

# 平成24年／2012年

## 【1月】

一年の計は元旦にあり。今年は曇り空で昼間に大きな地震に見舞われ、この国の在り方、行く末を象徴しているかの如く政治も経済も混迷し口を開けば増税、不退転の決意とか、やるべき順序を間違えないで。日本経済の復活を祈る気持。

首相の年頭記者会見で、消費税増税、社会保障と税の一体改革と定数削減を通常国会で早期成立を目指すと。ネバーギブアップを引用し、本気だよブレないよと、国民の納得いく説明のないまま、ゴリ押しにしか聞こえない。ハテナ……。

政局より大局と街頭で鍛えた受け狙い。社会保障と税の一体改革、増税の前に社会保障問題に手をつけて欲しい。ばら撒き、どうしたら生活保護受給者を減らせるか、雇用、経済の活性化、選挙対策の前に先生方のやることは多いはず。

新しい年の挨拶廻りで霞ヶ関へ行った。節電で廊下は暗く、すれ違う人の顔も判明しない。人も陰気で活気がなく暗さが倍。これが頭脳集団なのかと。政府もマスコミも口を開けば公務員給料カットの話。彼らも労働者なのだ。無駄働きの多い人種、国会のバッジをつけた方達、貰いすぎよ。

成人の日、街を歩いても着飾った人にあまり会わなかった。少子化なのか。新聞・テレビ報道だが、今年の新成人、明らかに変化が。立派な大人になりたい、復興に何かできることがあれば尽くしたいと物の考え方が変わってきた。世のため人のため本当の幸福は、といった価値観に変化が。一時の荒れた様子はなく、若者らしく夢と希望を見出している様だ。

政権交代で日本の政治と政策は変わったのだろうか。変り映えなく、むしろ国民の要望に支持基盤の利益を優先化し、マニフェスト大衆迎合で大切な取り決めも公約の名のもとに壊されたり、事業仕分けも曖昧のまま、ひたすら有権者の顔色を伺う政治とは一体何なんだろう。

国際サッカー連盟から最優秀選手の栄誉に輝いた沢選手。女子だからという理由で大会に出られなかった経験があると。今では草食男子よりは女子の方がスポーツも企業においてもその活躍はめざましいが、確かに女性ではとの理由で越えられない不文律に悩まされた。米国では女性が越えられない、目に見えない限界を「ガラスの天井」と呼ぶと。今はいい時代だ、ほっとする。

泥鰌がブーム。一昔前は早苗田に小さく水音をさせていたが、農薬で天然では見受けなく養殖が主流。

平成 24 年／ 2012 年 1 月

国会議員数削減が話題になった。０増５減自民党案、民主党はマニフェストにうたった比例代表の80削減を決定。自民党案丸呑みと、調整つかないことを承知の上、受け狙いの花火を打ち上げ、丸呑み宣言。削減できないのはアンタのセイヨと責任回避では。

あの方の発言フィーバー。肉食で獰猛。一体改革、不退転の決意と土の中に潜ったり、チョロリ様子見。看板を掲げ下げ、経済の活性化で国民に看板倒れしない、泥鰌も国民も住み易い環境作りを望む。

自然は正直だ。大寒に東京地方は初雪。ラニーニャ現象でこんな寒い冬は近年なかった。このところ身震いは気候ばかりでない。世界、日本も温かい話はない。身の細る思い、先行不安トンネルの中で戸惑い迷い、前へ進まず、増税と何とか改革と、混沌とした国の行く末、国民が希望と夢を持てる春を待つ。

体調崩し40数年ぶりに下痢をし、近くのかかりつけの医院へ。風邪で大勢の患者で待たされた。一人々丁寧に症状を聞き問診していた。最近は大抵の病院でパソコンに打ち込んで患者の顔色は見ず診断している光景が普通である。我孫子地域で最も信頼している増野医院、患者に寄り添って診察する姿に敬服。

国会が始まった。重要政策の全体像が具体的に見えず、増税についても、懸案事項の削減について子供手当を含むマニフェストの見直しも明確にせず、野党側に協議をと呼びかけ。福田・麻生両首相の施政方針演説の一節を引用し、首相は野党時代協力しなかった。国会対応についてはどう考えているんだろう。

GKB47の文字を目にした。自殺対策強化月間のキャッチフレーズ。「あなたもGKB47宣言」47都道府県自殺予防に取組からゲートキーパー47。日本の自殺者は14年連続で3万人を超え、働き盛りの死も多く、その数は増えている。この深刻な問題をシャレでいいのか。根本的な解決策を聞きたい。

気象庁は2～4月の3ヵ月の予報発表。海面水温が平年より低くラニーニャ現象が続く影響で春の訪れは遅くなりそう。日本海側で降水量が多くなる2月は強い寒気の影響で冬型の気圧配置が続き平年より曇り、雪、雨の日が多く太平洋側は晴れの日が多いそうだ。

茨城県庁生協協力会の新年会に出席。生協関連の業者の集いに生協の役員・事務局参加で、これぞ協力会。和やかの中にこの一年共存共栄を目指し頑張りましょうと誓い合い、強い絆を感じた。県職員の福利厚生を主眼とし、喜ばれ、選ばれ、頑張れ、3ばれで組合員に役立つ生協の発展と活躍に期待する。

如月の日本列島は冬将軍到来で、各地で最大の雪、寒さも観測史上最低の気温で雪害も多く。政治・

経済も混乱し、自然からも見放され、三スクミで口を開けば増税、3月から電気代ガス代とも値上がり、政府は何も決められない。一体改革の声虚しく迷走ぶり、寒さが一層身にしむ。

## ２０１２年【2月】

40年60年ってなーあに　原発運転再開の原子力規制関連法の改正案で40年廃炉原発の寿命議論が迷走。具体策を示してエネルギー基本計画を決め。基本を何処に重点を置くか。原発の依存度下げるという言葉だけでは納得できない。政策として国民に説得して欲しい。

思うつぼ、思いのまま。米軍再編見直し、在沖縄米海兵隊のグアム４７００人先行移転、経費負担、ロードマップで決定していたこと修正。このままでは普天間の継続使用が固定化される。アメリカの意のままに鼻水たらしている場合ではありませんよ。

霞ヶ関活気なく暗い。廊下の電気だけでない、中で働く人に温度差を感ずる。会話がなくメールで仕事。パソコン画面をみて、言葉はなく、無表情でキーボードを打つ音、虚しく。唄を忘れたカナリアの頭脳集団。政治主導とやらで公務員を排除し、都合が悪くなると責任転嫁。これでは暗くなる。

地球は氷河期に入っていると。日本列島大雪見舞われ、屋根から落雪被害多く、東京の温度が札幌と同じになると。雪は少ないが例年にない梅の開花遅れ、ようやく一、二輪ほころびた。愛でる喜び薄く、自然の寒気とＴＰＰ、沖縄問題と、この国の有様に一層の寒さが身にしみる。

新聞休暇日　ポストに新聞が入ってない。何か物足りない。毎朝個室に入り見出しだけさあーっと見て読みたい箇所は除いてゆっくり読み直す。生活のリズムが狂う。紙ベースファンとしては一日の楽しみが奪われ、あと何日読めるかと数えている者にとっては淋しい限り。

重い腰ようやく一寸だけ動かした。日銀が消費者物価上昇率１％目指す。緩やかなインフレ目標。日本はデフレが長期化している。日銀はもっと早く対応しなければならなかったのに、遅すぎる。しかも明示されていない部分が多く、掲げただけでは目標が達成できる訳ではない。

江戸食文化の会の集まりがあり、平河町のオー・プロヴァンソー。フランス料理で鯨をどう食べるか。野菜もフランスから取り寄せているとか、尾身の生を食し牛肉よりくせもなく勝るように思った。日本の食文化である鯨を見直し、もっと身近の食材として親しみたいものである。

日銀は物価上昇率ゼロを守りたいばっかりに、小出しの緩和路線を堅持し、通貨発行政策が超円高を生み消費も減り、企業は海外へと。米国はドル増刷で株価回復、民間の設備投資も回復しているではないか。日本よ、日銀よ、円高是正、脱デフレのため、お札を刷ったら？

始発の各駅で座った。途中で赤ちゃんを抱いた女性が。座席の女性は携帯で指けり、上を向いたが知らんぷり。その隣も同じ行動。離れた所でその光景を見て、母子を呼んで座らせた。全員無関心我関せず。母子がお礼を言いながら下車、赤ちゃんが小さな手を振り、その笑顔に救われた。今朝の女性専用列車。

## 2012年【3月】

人間国宝巨星が消えた。名女形中村雀右衛門さん。歌舞伎ファンとしては歌舞伎三姫、助六の揚巻と名場面の舞台にかける情熱、圧巻だった。「京屋」、大向から声がかかる、あの姿目に浮かぶ。誠に残念。合掌。

一般受け狙いで公務員給料引下が決まった。いずれしなければいけないと思うが、その前に歳費、定数削減は一向に決まらない。ならば地方公務員については、支持母体に気兼ねしてこれはなし崩しか。国家公務員に準じた給与引下はあってしかるべきではないか。

弥生3月五節句上巳　地震津波原発事故あれから1年。復興復旧もままならず、ひな祭りどころではないであろう。寒さも加わり被災者の多くはどんな思いで暮らしているのだろう。魂の入らない復興庁は東京で鎮座、政府の対応の遅さ全く冬扇夏炉。

福島第一原発事故調　民間調査　特定機関からの調査でないので、官邸内の連携が不十分、事故対応にあたっての官邸の混乱ぶりが浮き彫りになった。情報の隠蔽、構造的問題。稚拙で泥縄。人災だ？悪しき異名は歴史に残る菅災でしょう。

沖縄は復帰40周年を迎える。復帰っ子40歳に。社会の中心になっている。沖縄の自主経済確立を求めている世代。米軍基地への被害者意識は薄れつつあるのでは。沖縄は戦争と米軍基地の被害者と謳うことが必ずしも全沖縄県民の意識なのだろうか。

国家議員の受け取る歳費３００万円削減。しかし期間は1年。国家公務員は2年ではないか、それは2年にするのが当然。国家公務員の採用人員減、議員定数減の方ははっきりせず、如何なものか。

狛江の幼稚園に行った。田園地帯が今では高級住宅地に。広々とした庭で子どもたちの明るい声。理事長と話していたら子どもは3才までに母の愛、ぬくもりが最も必要。のびのび広い所で遊ばせることが大切。40年学園の卒園者には曲がった道に走ったものがいないと。幼時教育の必要性を痛感した。

3月は別れが多い。その中でもアーバン企画の飯沼専務が引退なさると挨拶を受けた。突然の連絡なので、驚きと残念さで言葉がなく。同業者として研修会とか集まりの時一緒した。人情家で思いやりのある方。いつも後ろ盾となりかばってくれた。兄貴分で尊敬していた。これぞ青天の霹靂、残念。

4～5歳の子供を抱えた若い夫婦と電車で乗り合わせた。母親が座席に靴を履かせたまま立たせて、全く悪ぶれず平気の態度。父親は荷物を下に置いて平然。あの荷物帰ったら拭くかな……この家族が降りたあと、他の人がその席に座った。マナーが悪い人が多くなってきた。

『文藝春秋』四月号総力特集「3・11日本人の反省」を読んだ。当時の様子が生々しく再現されテレビの映像のよう。事故対応のドタバタ・右往左往、意思疎通・情報伝達ままならず。パニックになっている菅首相への気遣いが大変だった様子が伺え、リーダーとして資質欠落。やはり人災、菅災の方が大きいようだ。

平成24年／2012年3月

社会保障と税の一体改革、消費税問題、不退転の覚悟、何も決められない現政権、デコボコ打たれるとぼやく首相。ぎくしゃくの足元、時間の浪費。何十時間議論した姿だけ、民主党の先生方はパフォーマンス。地元選挙民へのアピールのためか、国家国民、国の行末、迷路に誘うのか。

連日報道されている消費税増税、言葉が踊って。経済状況好転の文言、一寸前社会保障と税の一体改革大綱なるもの、経済状況を好転させることをうたうだけ、具体的に何も示されない。税と社会保険料を一体で徴収する歳入庁設置とか、取り組む姿勢のない先生方。小手先でお茶を濁すことはやめて貰いたい。

落語の出囃子が子守唄。昭和の名人のCDを楽しんでいる。古典落語一人芸の見事さに人情話はなるほどと思い、笑いに誘われ聞き惚れる。最近はお笑い芸人と言われる所以の謎掛け問答とかで聞かせる感動させる笑わせる、三せるの芸が少なく、笑いの質がどこか違う。笑いが笑えなくなっている。

## 2012年【4月】

4月2日の朝、駅での風景。真新しいスーツに大き目のカバン、何かぎこちない若者よ。人は日々、重荷を負い生きている。充実した人生を生きるには日々研鑽、体を動かし頭を働かせ行動し、仕事とは戦いを挑む。夢と信念を持ち、前を向いてしっかり歩いてほしい。

時ならず春の嵐に仕事の予定もすべてキャンセル。3・11以来、何かに怯え、反応が早くなっている。もしかしたらという思いが強く、いいような悪いような、パニック症候群。早めの帰宅があだになり、6時間も電車の中に閉じ込められた。自然の前には人間は非力と痛感。

春の嵐の影響で、常磐線は脆弱で風雨雪その度に電車が停まる。水戸に出かけるのに特急も動かず、大変な思いをした。復旧の見込みなしと、電車に閉じ込めを経験すると体が反応するので取りやめた。

電車が強くなる対策ないものか。

新聞休刊日　紙ベースの新聞を読むのが毎朝の日課。指けりはできないのよ。楽しみを奪われ、そのうえ大切なものを失った心境。携わる人の大変さは理解できるがマスコミとしては庶民のささやかな楽しみを奪わないで欲しい。テレビには休暇はないでしょう。

つくば学園都市へ出かけた。桜が満開。研究機関が開設されたときの苗木が今では見事な枝振り。花のトンネルには花見客、年配者、車椅子の人らが散りゆく花を惜しむように、若者は携帯で写真を。名残つきない風景の一コマ。

国民不在、自分たちのお手盛り甘さ、消費増税社会保障一体改革に不退転の決意とぶち上げたが、議員宿舎の賃料下げるとは何ぞや。政党交付金にも手をつけず、身を切る覚悟ならば赤坂の一等地に議員宿舎とは。民間人並に賃貸マンションにでも住んで国のために働いていただきたい。

銀行の入口で男女3人譲り合って中に入らない。出ようとしていたが、入口が塞がれ出るに出られない。こんな狭い入口で譲り合うのが美徳と思ったのか。状況判断で行動をとるべきで、電車の座席に人を押しのけて座るのも如何なものか。何事もほどほどが良い。

平成24年／2012年4月

北朝鮮は長距離弾道ミサイルを発射したが空中分解し失敗した。虚勢を張り何をしでかすかわからない国。核実験もないとは言えない。それが目的である。今ひとつ見えないアメリカ、日本政府の初動対応のまずさ危機感が希薄で、しっかりと検証の結果を示してほしい。

石原知事が米国で講演し、東京都が尖閣諸島を購入するとの構想。何も決められない今の政権に一石を投じて大いに賛成である。中国におもねり弱腰外交、中国漁船衝突事件の体たらくな対応、事なかれ主義ではなく、日本の領島を守るため、真剣に取り組むべきである。

ついに内閣支持率3割切る下落傾向、危険水域。やるべきことをやると一人ぶち上げ何も決められない、先送り。足元は固まらない。2閣僚の任命責任は問われてしかるべき。身を切る、不退転の覚悟、政治生命をかける、独りよがりの絵空事を聞いているようだ。

週末に若者の結婚式に出た。チャペルでフラワーシャワーで祝福されたり、スライドで出生から現在までの姿を写し、家庭環境がよくわかり、兄妹仲良く両親の愛を一身に受けての様子が見えて、時代とともに平和で豊かな国に育った一組のカップル。この倖せを永遠にと祈りたい。

通勤の道すがら新緑のなか八重咲桜が見事に咲きほこり、しばし佇み愛でる。今日の雨で散り急ぐであろう。美しきもの、花の命の儚さを思う。

民主党内最大勢力小沢元代表の政治資金規正法違反を巡る判決が出た。無罪と。消費増税法案はどうなる。身を切る改革と位置づけた衆院定数削減も頓挫。TPP問題も先送り、このままでは企業が海外に行ってしまい、日本国内は空洞化に。政府は何を考えているのだろう。

## 2012年【5月】

検察審査会とは　小沢元代表に市民の起訴として強制起訴がなされ、無罪となった。これは2例目の判決。検察側の資料をもとに判断する。検察のずさんな捜査の場合は大変不幸な結果となるのでは。制度の信頼性にいささかの疑問を持った。

君津に竹の子掘りに出かけ、急斜面の山並、竹林、個人の持山。竹が出すぎると大変と。今年は例年より出が遅いそうだ。千葉県は竹の子も椎茸も出荷停止で、生産者は椎茸原木を穴深く埋めて廃業に。気の毒だ。八百屋には竹の子は全く出回っていない。1年で1回だけの食べ物、残念。竹の子美味しく食した。

関越道でツアーバス事故。格安で利用者が多く人気を集め過当競争の結果、そのしわ寄せは過酷勤務となる。規制緩和によりインターネットで乗客募集し、旅行会社はチケットの安売り、バス会社は旅行会社から無理を強いられる。利用者も、何事につけ安ければ良いといった考えは改める機会ではないだろうか。

日米首脳会談　弱腰外交、二元外交、まともな議論なし。役割と責任を果たすと。米国に同盟国と持ち上げられ、その裏側は多額の金品献上、軽視されている日本。決められない政治、共同声明もむなしく、はたして幅広い分野で協力関係構築できるだろうか。

連日ニュースを賑わしているバスツアー問題、わかればわかるほど複雑な仕組み。直接かかわった末端が責めにあっているが、かかわったすべてと安ければいい主義、利用者の自己責任が問われて然るべきだ。安心安全万全の保障ならば、それなりの適正価格があるはずである。

党員資格停止解除正式決定、何かと物議の多い元代表、党内融和強調、政治生命をかけて増税継続審議、対立を恐れて重要政策を決められない総理。言葉だけ一人歩き、丸投げ。問責決議された閣僚の進退問題もフニャフニャ。政治判断下せない。指導力、リーダーシップとは何だろう。

原発すべて止まった。節電意識をもっと強く持つべきである。電車の中、人の集まるところ、指けりしていない人を見つけるのが難しい。携帯を手にしていないと不安なのか。電気代無料と思うのか。朝の混む時間帯、指けりを電車の中で使えなくすることはできないだろうか。

サラ金で個人破産者が多かったが、近い将来、携帯による通信料未払い破産者が出るのではと危惧する。子供から大人、中年男女、朝から晩まで暇があれば指けり、通信料電気代無料と思っているのでは、と思えるくらい真剣に見つめている。これぞまさしく流行病（はやりやまい）。

沖縄本土復帰40年　当時、生まれたての人も40歳になる。生まれついた時から米軍基地がある若者は、違和感よりも豊かさを求め、地元再発見に働く人たちも多いのだろう。沖縄の苦難の歴史は忘れてはいけないが、40年を機に一大転換を求めている人も多くなっているのも事実。

原発事故調査で前首相の参考人招致をニュースで見た。事故対応への一定の責任を認めながらも、よく研究し言動の正当性主張、責任転嫁し、リーダーとして資質に欠け、こんな人をトップにしていた国民は悲劇そのものだ。菅災は免れない。

## ２０１２年【6月】

消費増税、社会保障と税の一体改革関連法案の修正協議とうたっているが、本協議も国民にはっきり示していない。全く政局となっての修正協議、大義名分のみ。ダラダラ会期延長では済まされないはず。蚊帳の外の国民は恨めしく永田町を見つめるだけなのか。

神田鍛冶町満寿家で、鱧、鮎、オコゼの薄造り、季節の魚で酒を酌み交わした。日本に住んで、日本人で良かった。旬のものを賞味でき、松茸ご飯で〆をし、美味かった。倖せの一夜を満喫できた。

親と子の関係が希薄になってきた。連日大金の振り込め詐欺のニュースを耳にする。日頃から息子との接触がなく、子も親に思いを寄せず、その隙間で言葉巧みにだまされて。なぜ我が子を信じないのか。駄目息子に育てていないと思えないものなのか。日本の良き文化を見直したいものだ。

住宅密集の沖縄基地へオスプレイ配備に理解をと、政府はアメリカの言いなりか。このままでは沖縄に何が起こっても不思議でない不穏の空気。慰霊祭に出席の首相、どんな顔して説明し理解を求めるのだろうか。過去をひもとけば１９７０年米軍コザ暴動、こんなことがないことを祈る気持ち。

民意に問うべきだ。国民不在のなか三党合意、消費増税。何も決めない、決められない、党内結束より野党との協調に軸足を置いた。党内手続きと言って形ばかりの対応協議、政権政党の体をなしていない。選挙用のパフォーマンスにしか見えない。

鶏小屋の中でけたたましく鳴いている鶏。いつやむともなく民主党の両院議員懇談会、増税反対勢力の攻防、空気の読めない首相とつるし上げ、大荒れの様子が報道。何で今更党内一致融和だと。修正案党内手続きに手間取り22日に採決？ 鶏小屋の中の問題見せられる国民の気持ちを考えたことがあるのか。

台風一過の我孫子は近所からの落葉に悩まされた。セシウムが多く、庭の草木剪定物と簡単に捨てられなくなり、6月から月2度のゴミ収集のときのみになった。共有の道路への落葉などは地域全体でこれから話し合って決めなくてはならない。大きな問題になりつつある。

## 2012年【7月】

オスプレイ配備計画の延期、実現できない日本政府の対応、日米同盟と言ってアメリカのいいなり。オスプレイ特有の構造とか。輸送ヘリCH46より最高速度約2倍、搭載量は3倍、行動半径も4倍と。しかしモロッコ、フロリダでの墜落事故をもっと検証すべきだ。

消費税を上げないとして民主党政権が誕生したのに、三党合意により修正され社会保障と一体改革法案は衆院を通過、しかし歳出、低所得者対策、最低保障年金、後期高齢者医療制度など重要案件は棚上げ。いったい一体改革とは何ぞや。言うは易し、早く国民の審判を受けるのが筋ではないだろうか。

文月に入ると各地で祭の催しが聞こえてくる。夏の風物詩、花火大会。手賀沼の花火は、我孫子、柏、沼南と3ヶ所が湖上に大輪の花を咲かせ、盛り上がっていた。本年は花火の費用がセシウム除染に充てられることになり、去年は震災で、2年続けて中止となった。全く残念。

ロシアのメドヴェージェフ首相が2度目の国後島訪問。終戦の混沌時にソ連が北方領土を不法占拠したことは、歴史的事実。ロシアの暴挙は、日本の政治混乱に乗じてのこと。民主党政権の外交姿勢に問題がある。外務大臣は外国の首相に会うものなら満面の笑み。顔の筋肉緩みっぱなし。喝！

95年の生涯、芸の道に捧げた、風格を持った大女優山田五十鈴さんが逝った。残念。省みると私は、今の仕事についた年の年賀状に「女ひとり大地を行く」と記したことを思い出した。ひたすら休むことなく一歩一歩と気の遠くなる道のりを今日まで来たもんだと。未だ道半ば。

我孫子に住んで40年、8月上旬に越してまもなく手賀沼湖畔で夏の風物詩、花火の大輪を見たときは感動した。8月第一土曜と定まり毎年楽しみに集まるようになった。昨年は震災で今年はセシウム除染のため連続中止、誠に残念。1年前から予定を入れて楽しみに待っていたのに。来年は大輪の華を見たい。

須藤了三展に出掛けた。水戸泉町の画廊で個展、作品に魅了された。能を中心にした細かい卵殻で構成された一つの絵。日本ではモザイクと称され、外国では絵として認識。研究つくされた能の表現、繊細な線の見事さに作品の前で魅せられ立ち尽くす。日本にも素晴らしい作風の芸術家がいたのかと感動する。

電力料金値上決定。値上幅が耳馴れ麻痺した頃、認可決定。便利さ快適さを買うのだから値上げは仕方ないと思うが、東京電力は原発事故後破産した会社なのに、ボーナスと給料も支給されている。零細企業だったら全く給料の保障、政府の保障はない。国も会社も一般家庭に転嫁も甚だしい。如何なものか。

## ２０１２年【８月】

オリンピック報道、メダル何個とれたと一喜一憂の様が伺える。マスコミの餌食になりプレッシャーで本領発揮できず残念な結果に終わったと見受ける選手もいた。もっと静かに見守って自由に本来の実力を出せる環境でありたい。日本勢第一号金メダル柔道女子松本薫選手。試合中は眼光鋭いが、笑顔がいい。若いお嬢さんらしい。試合中の野性味、硬軟使い分け闘争心もあり、頼もしい。メダル手にしたとき大仕事をやりとげた爽やかな笑顔。これぞ大和撫子、あっぱれ。

ロンドンオリンピックでメダルの重さを感じた状景が。27人全員でチーム一丸となった泳ぎで銀メダル。個人種目メダルなしの北島選手最後のチャンス、４００ｍメドレー。康介さんを手ぶらで帰すわけにはいかないと３人で話したと。「うれしいっす」４人の笑顔は爽やかで一際輝いて見えた。

原発事故　東電映像公開を見た。当初から予想した通りの様子が浮かび、やっぱり菅災は免れない。リーダーとしては失格、人間性も疑われ政治家ではない、単なる運動家。相手を攻撃するだけ。その人がこの国を治めていたかと思うと恐ろしくせつなく鳥肌が立つ。

なでしこジャパンがフランスと準決勝、新聞の千葉版をみていたら宮間あやの出身地が大網白里町と、懐かしい地名。ほんの数kmしか離れていない所で生まれ育った。長閑な田園地帯から世界で活躍する彼女の勇姿に輝かしいメダルが良く似合うだろう。

消費税増税一体改革の法案が通った。党首会談で法案成立合意、近いうちに国民の信を問うと早期解散を約束、守る気がないから言葉の綾でその場逃れでは。政界では騙された方が悪いが通るとか。常識では理解しにくい。振り込め詐欺で騙すより騙された方が悪いと同じ論法では子供の教育に最も悪い話だ。

江戸三大祭りのひとつ、深川八幡祭を見に出掛けた。真夏の暑さのなか54騎。４年目にしての勇壮な神輿を老若男女、掛け声勇ましく。女性は髪をキリリと結い、整然と通る姿はルールが守られた様。これぞ日本の祭り文化だ。

終戦記念日67年目。悲惨で無残の戦争はあってはならないと誓っても、戦没者、遺族も高齢化。生きとし苦労されたその犠牲の基に今の日本国民は平和ボケ、我欲。絆と言葉で濁し震災の瓦礫の処理受け入れ拒否。人として国を守る原点を見つめ直したい。

周辺国による領土侵食問題。野田政権の外交姿勢、政治の混乱の足元を見透かされた結果である。菅政権時、中国底引き網漁船と海保巡視船の衝突事件での政府の責任逃れ、対応の遅れが思い出される。「法令にのっとり厳正に対処する」と言ったからには、やるべきことをするのが急務だ。

客層の変化が激しい団体の中、現職とOBの考え方の相違、ここ2~3年が特に目立つ。支払を受けた場合など、お陰様でとお礼の言葉を貰ってこの仕事をしていて良かったと。今は料金を払っているんだから当然でしょう、内容、サービスより料金の安さを求め、当たり前論が幅をきかせている。

神田鍛冶町満寿家で鰻食べる会。白焼は皮がパリパリ、中はジューシー。本山葵つけ香りと旨味が口の中で何とも言えない旨さ。肝焼、お重と鰻の美味を堪能した。白焼の焼方を伺いさらに驚き、丁寧な仕事の結果旨さが倍増。御主人は「し」「ひ」の発音が典型的な江戸っ子、粋さを感じた昼のひと時。

江戸食文化の会、京橋の「一心丸」で開催。宇和島産の活魚お造り、焼魚、大鯵の揚物、岩牡蠣、海老など新鮮な魚介類と、高松の日本酒で一献酌み交わし、多角的な情報得て、料理に酒と、会話の楽しさ味わった。

平成24年／2012年8月

手賀沼のカッパ祭で夜30分だけだが花火を打ち上げた。ドーン・バリバリ音に続き大輪の華が咲く。夏は花火だ。2年続けて花火大会が中止になって残念。規模は小さいが、我孫子丈の花火、夏の終わりを飾ってくれた。

テレビ政治討論で与野党幹事長会談開くと明言していたが開かれず、党利党略透けて見える対立構図。選挙制度改革、特例公債法案と、民主、自民両党も重要案件をどうする。政局の駆け引き、ポーズだけの民主党、国民の政治離れも無理もない。政治不信、決められない政治。一日でも長くとどまりたい与党、一日も早く解散に追い込みたい野党。党利党略、混乱の永田町。その隙に周辺諸国は領土問題、親書送れど真面（まとも）に矢は的を射らず。稚拙の外交、どうする日本。

口を開けば新党、第三極の動き活発に。俄か集団、歯切れ良く、耳障り良し。してくれるであろうと頼もしさ滲み出て、いや待て。同じ轍を踏んではならない。変えれば良いと言ってのこの体たらく。国民も人気のみに乗ぜずバランス感覚をもって見極めが必要では。

**2012年【9月】**

汚泥処分候補地に栃木県矢板が突然発表になった。人口の少ない山の中、国有地だからと話し合い説明もなされず、突然申し渡されたら住民感情を逆撫で。国は場当たり、思いつきで物事を処理、決まらないのは当然。衆智集め説明をきちんとすべき。沖縄問題、尖閣しかり。

尖閣諸島を政府は20億5千万円で購入へ。東京都が先行して活用策を検討したことで、領有権問題が国民の関心事となった。それを重視急ぎ地権者と交渉した感あり。尖閣整備活用の知恵を出すことが必要なはず。なし崩し尖閣諸島、中国への配慮を優先し、急ぎ地権者と破格の金額で合意。国有化急ぎ何の智慧も出さぬまま今年度の予算の予備費から拠出。金額決定の根拠を示してほしい。国民の血税をいとも簡単に処理されていいのだろうか。

10日民主党の党首候補者代表選が記者会見、雛壇に4人鎮座し所信声明していた。一党の代表を選ぶのに公共電波を使い何たる事。各人とも党内事情だけ主張、日本国をどうする外交と経済にも触れず、選挙を如何に有利にするかにしか見えなかった。国を託す人材には程遠い。

安倍元総理が自民党総裁選に出馬表明。前代未聞、現役総理が職を投げ出し国を混乱させた5年前のことは鮮明に記憶している。その人がどんな立派な公約を掲げようが疑問は残る。昔から胃腸の弱い人は政治家には無理と言われている。

平成24年／2012年9月

大阪維新の会、結党を正式宣言。華々しく花火を打ち上げた第三極として台風の目になるだろう。維新の会を大阪に置き代表は橋本さん。寝る間を惜しみリモコン操作で国政動かす。政治とはそんな甘いものだろうか。政治家が劣化するのも無理はない。

「原発ゼロ」目標は事実上見直し。脱原発に対する反発に配慮。政府が方針を明確に示せない。骨抜きに。国民生活は置き去り。選挙のみ。首相の曖昧な言葉表現で曖昧に決着。

オスプレイ　日米合意の安全宣言がなされても航空機としては完成されているとは言い難いと。アメリカは来月には沖縄で飛行計画、こんな簡単な安全宣言で信用する人はいない。中国の問題をアメリカは安全保障を楯にオスプレイ沖縄に配備か。

新米の時季　九十九里町生産のミルキークィーン、90歳にならんとする兄が65年、職人芸で米造りに励んで、今年もキラキラ光り輝く米に恵まれた。食味の豊かさ、ミルキークィーンは生産量も少なく収穫も少ないが、消費者に喜んで貰うコメを作りたいと皺の刻んだ顔で微笑した。アッパレ!

日本維新の会　綱領と位置づけた維新八策は政策決定のスピード感はあるだろうが、不安と危うさを感ずる。苦い経験をして3年間、日本は変わり果てた。その轍は二度と踏んではいけない。この選挙の責任は国民にある。

何処かで聞いた、昔の名前で出てきました。自民党総裁選決戦は40年ぶりとか。変り映えしない。新しい自民党と言えるだろうか。只一つ、敗れた人達が爽やかさを滲ませていた。大人の対応。演技かもしれないが救いだった。

国連総会に2年連続で出席、弁舌爽やかな演説を今日未明聞いた。中韓を念頭に置いての様子は解るが判断ミスで事を大きくし国際法の下でと声を上げようが、各国の首脳は近く辞める。決められない弱体日本と、見透かされている様だった。

## 2012年【10月】

1年で首相が変わると大騒ぎしたのがはるか遠く思える。今や1年に3回も内閣改造、内向き党内融和と称して国政を弄ぶとしか写らない。国民としては歯痒い、どうする事も出来ない。口先の格好はもっともらしく話し、内心は一日も長く政権の座にしがみつき。ああどうなる日本。

金木犀の花の咲きが遅い。道すがら馥郁に誘われ爽やかな気分になる今頃だが、今年は全く香らない。これも異常気象のせいか。二、三十年前は9月に咲いたように思ったが、段々遅くなり神無月上旬も過ぎ何の気配もない。季節の移ろいが変わってきたのかな。

近いうち解散　こんな川柳を詠んだ人がいた。「解散まだかまだかと虫が鳴く」まさしく国民の声だ。

赤字国債発行法案と懸案処理を抱えているのに、一日でも長く留まりたい一念で臨時国会召集はずれ込み、財源枯渇しようと、この椅子を離したくない。

夢と希望を　どん底な気分を味わったのは生まれて初めての様に思える。政治の堕落、経済、外交と、行止り、先行き不安トンネルの中。20年間デフレで給料は上がらない。物価は安いからと喜べない。希望のない老後のために買い控え、景気浮揚は何時に。国民をこんな不安に陥れてはならない。

復興予算の流用が話題になっているが、当初から復興に関連の少ない便乗形に使われていると耳にしていた。予算編成を始めるとき首相他予算編成方針を示さなかった結果であり、現政権の構造的問題に他ならない。臨時国会を開き組み替えるべきである。

国際協同組合年（２００９年国連に承認）にふさわしく、茨城県生協協力会の研修が10月19・20日、南木曽富貴畑高原で行われた。各協力員が如何にしてこのデフレ経済のなか生協の組合員に貢献ができるか議論。お互い知恵を絞り今後の発展に寄与しようと誓いあった。翌日は富士の高嶺を仰ぎ、中央高速を東京へと。晴天に恵まれ古い街並みなど散策し、その土地独特の人気メニューの昼食をとり、明日のため、ゆっくり、のんびりと旅を満喫。今日だけは至福の一日だった。

蒼愁志野　原蒼愁さんの個展に出掛けた。今年も驚く作品に巡り会った。志野をこれだけ焼ける人はいるだろうか、と驚きと感動に包まれ、作品の前に佇み眺め魅せられた。

ＳＪＫＤ関係の国内研修で山梨県へ。石和で代理店コンプライアンス研修。反社会的勢力との関係遮断、遵守すべき重要な課題について、注意深く仕事に対する自覚と姿勢が強く求められる、諸々の研修だった。

米倉山太陽光発電所見学。山梨県地球温暖化対策に基づき再生可能エネルギー導入、エネルギーの自給自足でＣＯ２ゼロ運営。次世代エネルギーパーク、一面に広がる太陽光パネルは圧巻。水力、太陽光、風力の理解が深まった。

シャトーメルシャン、フランス風の社名。良いワインとはその土地の気候、風土、生産者により育てられる葡萄、日本ワインでしかできない個性を育んでいると薀蓄を聞いた。ワイン好きにとってはテスティングは楽しく心地よく、一滴の葡萄の涙に魅せられワイン購入。各国のワインと飲み比べして楽しもう。

待ってました！　石原！　大向こうから声をかけ。今まで幕を引けない三文芝居をさんざん見せつけられている。久しぶりにスターが登場。檜舞台の花道を堂々と通って、国家国民のために命をかけてほしい。

平成24年／2012年10月

民主党政権は危機を打開する力がない。外交もしかり。内政の停滞、多くの民主党議員は早期に解散を望まず、議員としての延命を図る丈に見受ける。この状況下では国民は益々政治離れ、日本は危急存亡。どうなる。齢八十歳立ち上がる。昭和生まれの意地心根を発揮して、疲弊した日本を輝かしい姿に取り戻して欲しい。政治の堕落、取り返しのつかない国家状況。経済も外交も、今はお先真っ暗の神無月。天の岩戸の扉を開けて欲しい。

サントリーホール　ドレスデン国立歌劇場管弦楽団　世界最古のオーケストラのひとつ、伝統を誇っている。2012年からクリスティアン・ティーレマンが首席指揮者。ブルックナー交響曲第十七番ホ長調は軽快なテンポで明るく朗らかな明快さ。久しぶりに音楽の余韻を味わった一夜であった。素晴らしい！

## 2012年【11月】

国会が始まり代表演説の内容を見つつ、夏の国マレーシアに。車が渋滞、日本車が多い。街は高層ビルが立ち並び、原材料、資源に恵まれ働き手も若者が多く高齢者が少ない。宗教も多種。粛々と生活が営まれかなりの速さで発展し、住環境も整い永住希望者が多いと。気候と環境、資源の豊かさなのだろう。

アジアの国の発展―保険事情視察で―急激な飛躍により車社会、渋滞。経済もそれいけドンドン、日本の30年前位の感あり。カルチャーショックを受けた場面が多く、働き手は若者が多い。成熟した日本とは異なり、制度としては充実には欠けているが望みは多い様に思えた。

文科省問題が話題に　例により単独暴走。政治主導もここまでくるとまたかの一言に。大学の数が多く教育のあり方に問題がないとは言えないが、状況判断しっかり見極めてほしい。

アメリカ大統領選　オバマ大統領再任。大きな政府目指す政権。市場の反応は株売り。雇用と過大債務が課題。決められない政治、先行き不透明な時代が迫りくる予感。後追いの日本、不安感は増すばかり。ようやく重い腰が少しだけ上がってきた様子。

混んだ電車の中の風景。男女とも大きな鞄を持った人が多くなった。ずしりと肩がしなる位背負っている人、網棚に置く、縦に置けば沢山の人が乗せられるのに、横に寝かせておく場所ふさぎ、寸暇を惜しんで携帯の指けり専念。腕が上がっている分人が乗れない。もっとお互い様感覚が持てないものか。

解散が決まり俄かに法案を通し選挙用仕分けみえみえ。選挙を如何に有利にするか、あまりにも露骨な振舞、何も決めず決められなく統率がとれず、足の引っ張り合いで自分たちだけの延命を図り、ここまで民意を問わずに今更、それはなんだったの。

平成24年／2012年11月

マリインスキー歌劇場管弦楽団　ナタリー・デセイのルチアを聞き、声の見事さに酔い、グラス・ハーモニカ、繊細な不思議な音色は見事の一言。ブルガリア　ソフィア国立歌劇場日本公演　カヴァレリア・ルスティカーナ、ジャンニ・スキッキの喜劇オペラを観た。

新内千歳流家元・富士松鶴千代の世界を観た。三越劇場で84回目とか。見事な芸に生き、艶物の触りであるが、聞かせ所酔わせ日本人特有の奥ゆかしい文化。新内を通じて醸し出された。古典芸能に触れ、松本幸四郎丈の踊りに満足した一日だった。

木枯らし一番が吹いた。例年より20日遅いとか。冬本番に備え、身も心も引き締める。冬の花、真っ赤なシクラメン届く。我が家の玄関も明るくなる。今まさに報道は選挙一色、変えればいいと言って一時的人気にとらわれ選んだ事が取り返しのつかない結果を招いた。国民も見識と自覚が求められる。

冬のボーナス4％減　デフレから抜けられず成長率はゼロ、衰退。体力の低下、政治の劣化、空手形の政権公約。その結果、国内は空洞化した。アジアの成長は破竹の勢い、日本経済を根本から立て直す成長戦略を。それがまさに、政治の力が求められている。

神田鍛冶町満寿家で「ふく」コースを食べた。天然物で品質にこだわり、専門店でも数少ない貴重な店と言える。紛い物の多い居酒屋風の店が跋扈しているこの時世に、品質を吟味し、きめ細かいおかみさんのもてなし。美味しい物を食べたと満足する店。これが江戸前気質の店と言えよう。

出処進退　人間の引き際の難しさを感じた。政界引退の鳩山さん、民主党の事実上の創始者。政権交代は果たしたが宇宙人と称されるほどの失言の数々、８ヵ月で辞任。最後は党内の権力闘争に敗れ孤独な退場。党内では不出馬を歓迎した様だ。首相退陣後直ちに政界を引退していたら……。

政党乱立　名を覚えきれない俄かづくりの名称。政治の混乱が国民を困惑させている。相も変わらず耳障りの良い政策を掲げ、何も決められない３年間、その轍を踏まぬ為にも甘言に惑わされず、自覚と責任を持って、国会には自分たちの代表を選ぶのだ。

脱原発掲げて新党の動き。雨後の竹の子の如き、読み切れない政党名、第三極結集。民主党が割れて我が身を何とかしたい人たちの結集。政策理念と大義名分の謳い文句は聞こえはいいが、３年前の民主党の集結と同じではないか。結果は見えている。民意を甘く見ているのでは……。

暦の枚数が一枚となった。全く1年が短く感じられ、慌ただしく暮らしているせいか。あと残り少ない人生、如何に生きるべきか自問しているが、結論が出ないまま時はあっけなく過ぎて行く。元気が取り柄だが健康と元気は別物の様だ。

今朝は寒かった。出勤の途上、末枯れる空き地が霜でうっすらと白く光っていた。11月に霜が降りるのは何十年ぶり。気象庁が今年の冬は寒いと予報していたが事実の様だ。日本には四季の変化があり、秋は紅葉を愛で冬への心の準備も出来たのに、急の寒さにとまどう今日この頃。

## 2012年【12月】

笹子トンネルの天井崩落事故　大惨事にならないと話題にもならない。当たり前の如く過ぎている。経年劣化といって見逃してはならない問題を抱えているはず。管理費の節約、恐らく安ければ良いといった、安かろう悪かろう。エレベーター管理が思い出される。

中村勘三郎丈逝く　歌舞伎の楽しさ、魅力を伝えた。新しい芸風でファンを喜ばせ、平成中村座は昔ながらの芸居小屋、さもあろうと想像しながら堪能した。来年4月、新歌舞伎座の舞台に立たせてみたい役者だった。あまりにも若い。残念無念。合掌。

第46回衆院選が終わった。自民党悲願の政権復帰。二大政党をうたった民意は自民党に戻った。小選挙区制度では多く票を取った一人だけ当選するため、いたずらにオシクラ饅頭の感あり、あっちが駄目ならこっちにする。今回は中小政党の乱立、第三極の盛り上がりに欠け、選挙制度の抜本的改革が必要だ。12党も政党の乱立。選挙ごっこ、遊びに思えた。投票率過去最低59・32%。有権者は迷った、訳の分からない名前。結局、昔の名前で出ています、が有利に働いた様だ。

肉親を失う悲しさ　年の瀬と共に人生を終わりたいと思ったのか、慌ただしくピンコローと願望の通り逝ってしまった兄。肉親や親しい人を見送る程、辛く悲しい事はない。兄と友人が3日違いで黄泉へ旅立った。友は若く働き盛り、これからという時、残念。冥福を祈る。合掌。

年末年始の暦を見ると、年内に3日休暇を取ると、年始1日と合わせると16日間となる様だ。長く人間をやっていて長期休暇の経験がないので持て余す。若くないんだなあと、休みを長く望むのは若さの特権かな。今では仕事が楽しい。

平成24年／2012年12月

安倍内閣26日発足　歓迎ムードで株価が少々上がってきた。ひど過ぎた3年間に嫌気が先行しただけ、必ずしも支持されているとは言えない。ネットで選挙運動ができる法案を提出し、来年6月の参議院選挙に間に合わせる様急ぐと報道。ネット社会なので当然そうあるべきと思う。自由闊達に意見交換したら有権者にもっと人物が見えるし選び易いのでは。

今年を振り返って　1月から病気、悲しい別れと周りが落ち着かなかった。とうとう12月には最も身近の兄が、人生に結論づけた様に黄泉へ旅立ってしまい、淋しさと深い悲しみに。誰もが通る道と解っていても、身近に起こるのは淋しい限りだ。

安倍新政権の経済政策としてデフレからの脱却、バラマキ型ではなく将来の成長政策を。民間活力に力を入れ、歳出見直し、財政規律を重視し、決断する政治、決められる政治を望む。

数日前まで黄に彩られた舗道も朽ちた落葉と化し、植木が極月の寒さにひたすら耐えている姿、誰かを彷彿と偲ばせる。野党に転落し、力なく言葉なく去りゆく党首の姿。４８２日は長かったのか、短かったのか。答えは出ない。

3年3ヶ月ぶり自民党安倍総裁、第96代首相に。64年ぶり首相2回経験者。当時と政治経済も混沌としている状況は似ているのでは。株はムードで上がり、円安となっているが、山積する課題は多い。迅速に政策決定を望む。

# 平成25年／2013年

## 2013年【1月】

新年を迎え縦長の日本、豪雪の正月、方や南関東は北風は強かったが穏やかな日の出。手賀沼畔に富士山が連日勇姿を現し、箱根駅伝テレビ観戦、日本は平和だなと。すっきりした1年でありたいものだ。

芥川賞、ａｂさん75歳でご受賞。遅咲きと言え立派なものだ。負けず書き続けひらがなの横書き、思いもよらない。小文なら別だが、ひらがなの読みにくさ、しかし美しい作品と賞され、年齢を超越し勇気を貰った。益々の活躍に期待したい。

98歳の先生の告別式で70歳代の教え子が「先生」と言って絶句、思い出を語っていた姿を見て、先生ってすごいなあ!! 聖職とは生徒との絆だと感銘した光景だった。

過去の反省を教訓として……経済再生「3本の矢」で推進。価値観を共有する3党との連携、国民の生命財産守り抜くと。「美しい国づくり内閣」と言った当時よりは、満を持して再登板だけにわかり易かった。円高デフレ脱却アベノミクスはどうなるか。

平成25年／2013年1月

先日兄の四十九日忌で九十九里に出掛けた。比較的のどかに暖かかった。途中、野焼を見た。集落総動員で久しく見ない光景。野焼は害虫駆除に効果的で農家としては必須事項だが、煙が出るので新住民から苦情が多く、時には消防車が出動することがあるとか。昔は田んぼの中には家は建っていなかった。

樫本大進とリフシッツのベートーヴェンシリーズ最終回。前半3・4番、特に9番クロイツェルはヴァイオリンソナタ最高傑作と圧巻。最終回に相応しい。適切な情感、ヴァイオリンとピアノの絶妙なバランスで各曲を堪能した。彼は同じピアニストと同じ雰囲気で全曲を演奏は旅を意味すると言っていた。

## 2013年【2月】

また一人、歌舞伎の支柱を失った。京都、顔見世興行を途中休演したので心配していたが、團十郎の急逝の報に接し残念の一言。歌舞伎の象徴的市川宗家、荒事、助六、弁慶と、新歌舞伎座の柿落しに立たせたかった。無念。合掌。

公立小中高の授業を週6日制へ戻す検討が始まった。調査では6日制に賛成74%、反対18%、5日制では授業時間が足らないが62%を占めている。問題点は多いと思うが、ゆとり教育の弊害、学校は休みだが塾通いで教育の格差が広がっている。

神田淡路町の老舗そば屋が焼けてしまった。この一角は昔の面影を残し都会の喧騒のなか唯一、往時が偲ばれる建物であり何にも代えがたい。ここぞ神田よと路地を歩いていただけに、建物が一つ消えてもったいない。残念。

2月21日『日経』の社説、同感。幼児教育無償化の検討と。6月めどに幼児教育大綱をまとめる。政府が無償化するのではなく、企業に参入を促せば、休み時間を利用し母親と子供のスキンシップで子供は母親の温もりを感じ、子育てに必要な絆が深まるだろう。大幅な規制緩和をすべきだ。

## 2013年【3月】

弥生月、女性の節句だと踊り子号で熱川まで。女性同志気兼ねなく良くぞ話す事があるかと思う程語り合う時間は瞬く間、賑やかな事この上なし。老人の団体が多い、これぞ高齢化社会。平和日本、交通網も整備され元気な年寄り向け環境。病院に通い治療費を払うより、旅を楽しむは金を使い社会貢献である。

3・11震災から3年になろうとしているが、復興は思う様に進んでいない。前政権の取り組みのまずさと指導力の無さ、どの位の税金が投入されて復興はどの位したのか示して欲しい。その為に給料を減額されている人達もいるのである。二言目には復興と、しかし不自由な仮設住宅暮らし、あまりにも気の毒。

新内千歳流家元に会う。芸人魂を熱く語っている姿に感銘する。日本伝統芸能邦楽は盛んと言い難い。歌舞伎は建物と雰囲気、人気役者と衣装を見るのであって、演目内容を理解し演技力など解っている人は少なくなっているのでは。折角の日本文化、身近なものになってほしい。

地下鉄サリン18年、当日たくさんの方から心配して電話を貰った。仕事で霞が関に行っていたので惨事に巻き込まれていないかと。行かぬよう忠告を受け、その日は日生劇場で玉三郎の踊りを見ていた。オウムに違いないと友人と話した事が思い出される。事件に巻き込まれた方々の冥福を祈る。

## ２０１３年【10月】

物価の優等生の卵の値段が上がっている。理由は生産調整で卵を産む鶏を殺生処分し、奨励金を出し、結果、卵を産む鶏が減り、市場へ出回る卵の量が少なく値上げとなった。米の生産調整を思い出させる。同じ轍を踏んでいる。

三鷹のストーカー事件、あまりにも痛々しい。夢と希望に満ち溢れていた18歳で命を絶たれ、何とか助けられなかったのか。ストーカー殺人の教訓がいかされず残念である。警察は事件が起きないと動かない。取り組みを考えるべきだ。手塩にかけ育ててきた両親の心情を思うとやり切れない。合掌。

98年振りに真夏日が記録更新。日本は四季がなくなって来た。ふけゆく秋の空、天高く稔りの秋も真夏の日々が続き、急に寒くなり冬に突入か。季節の移り変わりで食べる物、着る物も変化し日本の文化を楽しんだが、気候もしかり。失われるものが多く残念。

老夫婦が2歳位の孫と乗車。爺さん婆さん育ちは三文安と昔から言われている。電車の中マナー悪し、4人分座席を占領し、物を食べさせ靴をはいたまま座席に座る。我儘やり放題許して、こんな育て方（？）では人の物を盗んで捕まり、有名人の子でなければと言った人を思い出してしまった。

## 2013年【11月】

楽天の優勝は早くから予測していた。ドラフト籤を引いた時1回で引き当てた、巨人は3回目でようやく。運も実力のうちと勢いを感じた。ファンにとっては7回も試合を観戦できラッキー。巨人は1度も優勝経験のない監督に勝ちを譲って良かったのだ。

またも国会議員の非常識、天皇陛下に手紙を渡す。政治利用の意図はなかった、浅はかと猛省していると。こんな非常識人が国会議員とは。60万人の有権者云々と、思慮の足りない人格欠落者。即刻議員辞職すべきだ。

今NHKの朝ドラマ「ごちそうさま」に、糠漬を家代々継承し日々手入れをする様子が写し出され喜んでいる一人。酵素を多く含んだ最高の食べ物。この機に糠漬の大切さ、日本に適した食物を見直して欲しいものだ。ちなみに二斗樽で毎日手入れして漬物を美味しく食しています。

選挙に金がかかる例か　猪瀬さん残念、期待していただけに。政治の世界、魑魅魍魎には有能の作家もかなわずマスコミの格好の餌食。先はどうなる。

## 2013年【12月】

サントリーホールにトリノ王立歌劇場『レクイエム』を聴きに行った。指揮者ジャナンドレア・ノセダ、最も人気の高い一人。世界各地の一流オーケストラを指揮、トリノ王立歌劇場の音楽監督。全身で見事だった。魅せられたフリットトリの美声、喉の楽器と言うが素晴らしい。今年は第九を聞かなくても良い。

農水省の巨星がひとつ消えた。角道謙一さんの訃報に接し　仕事の事でお話したばかり。物静かな話し方に変わりなかった。初めてお目にかかったのが水産庁海洋一課長当時。最高位につかれても何か

平成25年／2013年12月

とご支援を頂き、保険以外に花の注文をしてくださった。悲しい、残念。ご冥福をお祈りいたします。合掌。

昨年12月、兄と岩田さんを同時に失い、悲しい年の瀬だった。先週末、一周忌の偲ぶ会を思い出多い川治で行った。行動を共にしていた12人で。元気に酒を酌み交わした在りし日の笑い顔が目に浮かぶ。もう居ないと思うと、淋しさと残念さが……。

残り少ない年の瀬、凍てつく氷雨の朝、猪瀬知事の辞任ニュース目と耳に飛び込む。遅きに失した。身近に支え、諫める人が居なかった様だ。早くタオルを投げる人居れば、あそこまで恥部を晒さず済んだはず。晩節を汚さずの一言で、しかし取り返しのつかない深手だろう。

# 平成26年／2014年

## 【1月】

暮れから正月にかけ、つくづくテレビのくだらなさ見るに耐えない。公共の電波を使い、人を愚弄する様な番組ばかり。ＮＨＫは番組の宣伝をこれでもかとしていた。あの時間を有意義な放送すべき義務があるはず。猛省を。箱根駅伝　まだましかと見てしまった。ひたすら走り続けている選手、中継するアナウンサー。最近はワンパターン叫び続けているだけ。状況を上手に伝える人が居なくなった。これも質の問題か、訓練ができていないのでは……、されていないのでは……。

恒例の新年会を催し、いつものメンバーが集まり酒飲み会。長いこと行っているが、年を重ね、出席する人は元気な姿で安堵し反面、欠けた人も居り淋しさが募る。語り、飲み、談笑する。楽しみを長く続けられる事は最も喜ばしい事である。

車中は専らスマホでゲーム遊び。７人掛けの所５人は指けり、電力の消費節約はどうなった。スマホは電気が消費されると思っていないのでは。没入している姿は姿勢が悪い。早晩腰痛者が多くなるだろう。医療費もかかる。この際、脱原発に脱ゲーしては。

平成26年／2014年1月

このところの冷込で手賀沼畔西方に富士山の勇姿が朝日に映え、一日何か得をした気分になる。珍しく庭の懸け樋の水が凍り、氷柱にパンジーが身を縮め、寒さに耐え健気に咲いている。頑張っているなと我身を引き締めた。

ベルリン・フィル八重奏団、モーツァルト：ホルン五重奏曲　ホルンの響と樫本大進のヴァイオリン。流れる様な旋律が良かった。八重奏団の演奏中ヴァイオリンの弦が切れたハプニング。指揮者なしの小型オーケストラと言うが、指揮者が居ると音がしまり何処かが違う。

## 2014年【2月】

大阪都構想の検討が遅れている。賞味期限切れがもたらした結果、市長辞職し出直し選挙。予算編成が大詰の今、都構想の実現だけで政治空白は如何なものか。民意を問うなら他会派の対抗馬が必要だろう。無投票で再選されても民意と言えるだろうか。

茨城県生協業者の新年会に出席した。意気軒昂、盛り上げて行こうと誓い合った。地方は疲弊、消費税上がる前にすませておこうという業種は人手が足りないなどあるが盛況の様だ。しかしそのあとが不安だとの声も大きかった。アベノミクスどうなる!!

はてな虎ノ門病院からタクシーで六本木と思ったが三会堂前で下車、まぐろやに新内の家元と立ち寄り雑談していたら、日本交通の藤田和夫さんが、降りるとき立ち寄り先を話していたが、探し当て忘れ物と言って手袋を届けてくれた。驚きと感動で久しぶりに日本人の正直さを目の当たりにした。ありがとう!!

## ２０１４年【３月】

携帯の機種変更をした。ガラケーを4年も使用していたが不都合が生じたのでやむを得ず替えるに至ったが、値段がかなり上っていて驚く。必要のない使いこなせない機能が盛り沢山。ガラケーならばシンプルに値段も安くできないのか。不満である。

忌わしい震災から3年　整備も整わない状態。仮設生活厳寒の日々、辛い日々の事と、復興が進まない状況は初歩体制にある。今となっては人々の意識が変化し条件もどんどん困難なものになる。仕事柄、事故対応は初歩体制が不備だと必ずやトラブルに。どんな事も全く同じだ。

思い出す3・11　霞ヶ関で用事済ませ千代田線で小川町交差点上った所で揺れだし、前のビルが横揺れ歩道に居た人達が道の真中に集まった。急いで事務所に、被害はなかった。テレビの報道で被害の大きさに驚き鉄道網は全く動かず。もうひと電車遅ければ地下鉄の中だった。帰宅難民となり事務所に泊った。翌朝上野駅に行く。ものすごい人、人、階段、地下道が人であふれていた。少しも動けず状態。時間差でコンビニがすべて売り切れ、冷蔵庫の残り物で飢えをしのぐ。帰宅すると食器が割れ落ち散乱、でもこの程度で良かったと安堵した記憶がある。朝まだき千葉北西震源に起こされ恐ろしい状況を思い出す。

今20代、30代の犯罪が多く、罪のない人をいとも簡単に殺生におよぶ。20代で生活保護を受けながらネットにつながり働かず、強盗殺害。彼らが生まれ育った時代背景はデフレで景気も悪く、夢も希望もない光の射さない無力感で過ごした年月が影響しているのでは……。

「お母さんの宿を訪ねる旅」町村交流機構の関係で、小浜市の民宿に泊り視察。地域全体で町興しに力を入れ努力している。敦賀市、越前市の漁師の宿を見学、話を伺った。仕事に励み、人とのふれあいが大切と生きがい持ち、老若男女アイディア生かし、若々しく元気に働く姿が印象的。感銘した。農林漁家民宿１００選のお母さんの宿は福井の伝統的古民家。すべての家の建具が見事で、昔の建築は職人の技が際立って、都会では全く見る事ができない家。食物も地域でしか取れない素材生かし手造り薄味。新鮮な空気、日本の文化、人情にふれた旅。ありがとう!!

刺し子のワンピース兼コートを着ている。都会では気づかれない。たまに見つめる人が居る。手作りの一針一針が真心と丹精の固まりと、袖を通す喜びを噛み締めている。気の遠くなるような作業だろう。展示会場で出会い作品に見とれた。これが刺し子との出合いだ。

安売りしている店は混雑、商品が品薄になってきた。駆け込み、消費税値上り前に買っておこう、売る側買う側も競争の様子。一時的だけにこのあとが恐ろしく不安。アベノミクスも外交も、女性にそっぽ向かれた男性は情けない。

## 2014年【4月】

2ヶ月前、世紀の大発見ともてはやされ割烹着姿が輝いていた。理研の会見が行われ、不正は全責任彼女に押し付けた。如何な物か、理研そのものの体質ではなかろうか。しかし科学者が悪意のないミスと片付けられるものなのか？

品川沖から小型船で運河を抜け、気の置けない人達と日本橋を通り深川方面に花見をした。海上から眺める風情は水の都、東京。磯の香り嗅ぎ、陽気なイタリア人が船上で気分高揚しイタリア民謡を絶唱。ワイン片手に命の洗濯日和でした。



茨城県へ仕事で出かけた。桜が満開見事。千波湖のほとり偕楽園桜並木。桜前線を追って旅するのも楽しいだろうな……我孫子に嘉納治五郎農場入口を記念する桜古木が1本、今や車の排気ガスに負けず咲き続け。歴史物語って感無量。

モザイク作家須藤了三先生逝く　日本のモザイク第一人者。卵殻、ガラス、陶片を素材として、能をモチーフに幽玄の世界を表現。赤色の見事さ、先生の作品にふれると静と動のバランス、心豊かに勇気と情熱がわく。残念、無念。合掌。

オバマ大統領来日　鮨店で非公式の夕食会を開いた。鮨は大統領が好物と話された。その時おもてなしの一つの肴として、鯨を出して欲しかった。明けて26日は調査捕鯨出航でもある。日本の食文化として愛好者も多いんです。大衆的スーパーで売られるよう、畜肉を売らんがため、圧力をかけないで欲しい。

## ２０１４年【5月】

韓国船沈没事故　報道されるごとに対応のまずさが明らかに。政府の右往左往、政府高官を更迭、不適切な言動。遺族は悲しみから怒りに変わってきている。初期対応をしっかりしていれば生徒は助かったはず。あまりに気の毒な有様。

セゾン自動車社長・福沢秀浩さん訃報に接し、驚きと悲しみで胸が一杯になった。彼の若い時、仕事を一緒にした。明朗闊達で、豪快に顔全体で笑う人だった。病気とは縁のない様な体格で頼もしいと感じていた。役職も極め、第２ラウンドで又一層活躍しているとばっかり思っていた矢先だけに誠に残念。合掌。

友人である志野焼の原蒼愁さんからしばらくぶりに電話が入り、ようやく骨壷の製作に取り掛かりましたよと。５年前から頼んであった。10月に銀座のカネマツホールで開く個展の作品製作の中に入れてくれたそうだ。彼の事だから個性のある見事な品ができるだろう。乞うご期待。

緑豊かな湯西川温泉に中学校同期会で行った。山深い土地、平家の里。当時暮らしていた様子偲ばせる家屋が展示してあり、八重桜が満開。東京より一ヵ月位遅れて咲く。高原山険峻峡谷の秘境が諸行無常の響あり。平家の落人伝説の地。今は観光地として何処も変わらぬ縁（よすが）だ。

2年に一度のバスの旅。参加者も欠けてきた。自分が病気か連れ合いの看護が理由。中には認知症と思われる人居り、言葉は淀みないが思わぬ行動に驚く。頭脳明晰、何でも器用に負けず嫌いにこなしてきた人。見ていると真逆の生き方で、気楽に暮らすほうが人生では倖せかも。それが私だもの。

１００歳の母親を8年看護し最近亡くなったと、淡々と語りすべてやりつくした悔いのない姿。我が子を愛しむ心境で日々接し、やれることはすべてやりつくし施設にも預けず最後まで自宅で。自分も健康で看護できたと話されており、これが日本人の特筆すべき姿ではと思い感銘した。

第85回第一美術展に出掛けた。4月に亡くなった須藤了三先生の遺作が飾られてあった。作品の前で茫然と佇み、涙、涙だった。先生とお目にかかれないと思うと残念無念。作品は我家にあるので先生を偲び眺めている。

ローマ歌劇　シモン・ボッカネグラを観た。マリア（アメーリア）役がバルバラ・フリットリが演ずる事だったので楽しみに出掛けたが、病気のため代役エレオノーラ・ブラット。ローマでの公演で同役で高い評価の実績があると書いてあったが、フリットリも観たかった。誠に残念。

**２０１４年【６月】**

通勤途上混んだ車中　ゲーム遊びに夢中、その隣では漫画本読み続け、人の迷惑など我関せず、大きな荷物を肩に掛け、邪魔この上なし。朝からこんな状態で毎日の仕事はどうなんだろう。ゲーム脳になり、仕事への思考、姿勢はと問いたい。

栃木の幼児殺害の犯人が8年かかり逮捕。とにかく良かった。住民の方達は不安な年月を過ごしただろう。「騒がれたから殺害した」見知らぬ男に連れ去られる時幼児は泣き叫び、救いを求めたはず。

犯人が憎い。許せない。有希ちゃんの冥福を祈る。

今朝ラジオ聞いていたらSTAPがストップにと。笑ってしまった。世紀の発見ともてはやされ、天まで昇る持ち上げ方。論文発表から4ヵ月で、科学の世界では珍しい人間くさい疑惑で真っ逆さまに落下。一転白紙に。単純ミスではありえない。

2ヵ月に一度、近所の増野医院に血圧の薬を貰いに診察に行く。先月2年振りに血液検査の結果を聞いたが全く異状なし。美味しい物を少し控える様に、酒は飲みたいだけ飲み、一切気にせず食べたい物を食べ、多少バランスは考えるが気にせず呑気である。如何にしたら薬を飲まないで念頭に過ごしている。

帰宅途中またやってしまった、お節介オバサン。足が悪く松葉杖で乗ってきた人に優先席でスマホを指けりしていた若い男性に席替わってあげなさいと注意してしまった。替わって座った方が助かりましたと言っていた。誰かが言ってくれないと若い人は無視して知らんぷり。優先席を何と思っているのだ。

ニホンウナギが絶滅危惧種に取り上げられた。ますます天然うなぎは庶民の食べ物とは遠くなる。うなぎは値上り。昼間はうなぎを出す、神田鍛冶町満寿家が近くにあり、舌鼓を打つ。これからの季節

平成26年／2014年6月

はうなぎが恋しい。

女性の活用の看板が泣く。都議会の野次、誠に不見識極まりない。女性を敵に回すと恐いよ‼ 発言者はこんなはずじゃなかったと思っているかも知れないが、聞こえなかったでは通らない。謝るなら早く。ようやく名乗りを上げた、世論に押され。遅きに失した。男は潔いところがないと人間性を疑う。ここまでくるとウヤムヤでは通るまい。くだらない野次を飛ばした全員名乗るべきだ。女性議員もその場でもっと抗議すべき。その場だけで済んだはず。やった方もやられた方も、世界に恥を晒した。議員としての姿勢、資質に欠けている。猛省を促したい。

## ２０１４年【７月】

浅草弁天山美家古寿司を食べた。昔ながらの味を守り一筋にと、その心意気を感ずるお店だった。予約時カウンタ席はなくテーブル席でよろしいですかと尋ねられた。今時珍しい。カウンターは提供側と受ける側の意気があい、タイミングよく食する。日本ならではの文化がここに生きていた。

戦後の安全保障政策の転換　憲法解釈変更を閣議で議論もつくされないまま決定、こんなに急いで一抹の不安を覚える。集団的自衛権の概念、実施想定も一般には良く理解していない人が多い。もっともっと説明し国民の理解を深めるべきである。

日本人が変わってきた　ご都合主義、自分に便利で都合の良い事のみ求めて。思いやり、いたわりといった日本人が持っていた優しさが欠け、自分だけ良ければ他はどうなってもかまわない主義。幼い頃教えていない、親の責任が重い。三つ子の魂百まで。

横浜方面からの帰り。電車に飛び乗った。夜の8時過ぎ。優先席に座った外人がさっと立ち「どうぞ」と。前の席が空いていたのでアリガトウといって座った。日本人は座ったら最後スマホで指けり、気遣いなし無関心を装い見てみぬふりが多い……さわやかな外国人に驚く。日本はどうなっているのだろう。

大型台風のあと高温で、梅雨の晴れ間にしては連日猛暑に悩まされているが、ラッキョウ本漬前の天日干しに晴天は助かる。我孫子の祭りが7月20日、これが終わると不思議と梅雨が明ける。何十年と必ず明けた。今年もそうだと思う。

花火の時、下働きをしてくれる我が仲良しクラブメンバーで打合せをした。役割分担を心得ていて、如何にしてお客様に満足して貰えるか討議している姿を見て、しみじみ友達は有難い。廻りに恵まれて暮らせる倖せに感謝!!

平成26年／2014年7月

相撲が今場所は面白かった。優勝が千秋楽まで決まらず、内容ある取組で白鵬30度目の優勝と、豪栄道の大関取りとが絡み、琴奨菊カド番脱出、遠藤も勝ち越しと、北の富士親方の解説が適切に解り易く、着物が素晴らしく粋で着物を見るのが楽しみになった。

高1女子同級生殺害　供述で人を殺してみたかったと、何とも言葉にならない。被害者は前途を絶たれ、手塩にかけ育んできた家族の悲しみはいかばかりだろう。生命の尊厳、解っていない。手前勝手に我儘、我慢する事を知らない。子供が少なく兄弟姉妹間で訓練が欠けていることが原因のひとつかも。

大相撲　豪栄道大関昇進「大和魂を貫く」と。爽やかな口上であり、四字熟語を並べるより自分の言葉として日本出身力士の優勝の話題に力強さと責任の重さ、気迫を感じ好感度良好。

## ２０１４年【８月】

手賀沼花火　大輪の花が咲き今年もにぎやかなうちに幕が降りた。毎年大勢集まりにぎやかに飲みながら花火見物、近くで打ち上がるので音と共に大空に花が散る。40年花火を見て、夏の風物詩を堪能している。花火の時、1歳の珍客が来た。5時間位滞在時泣き声聞かなかった。日頃両親の愛情を一身に受けて育っている。頑是無い子がぐずったり泣き叫び、親に命を落とされている世の中に、愛情豊かに子育てして賞賛。

連日の猛暑で人の頭も思考が働かなくなったのでは。優れた研究者が自ら命を絶つ悲しい出来事。STAP細胞の存在を主張する人の全容解明もなされなく、果たして不正全体像を曖昧にし、これで幕引きはないはず。

長寿国日本　皆保険で介護費用を含む保健医療費が先進国の平均を上回る。高齢化が進みますます増える。薬も飲むのではなくまるで食べ物の如く、体は驚いて副作用を起こすのではないか。専門性で受診する科ごとに薬が出る。総体的な診たてが必要かつ望まれる。きめ細かい医療費の監視が必要。病院に行くのが仕事になりつつあり。ちなみに私は年間5万円かからない。医療費最少の千葉県に住んでいて良かった。

罪のない盲導犬を傷つけ惨い落書きする悪い輩がおり、許せない。普通のワンチャンなら大泣きし吠えるのに、じっと耐えて飼い主に迷惑かけまいと堪えるいじらしい健気な姿を思うと、涙なくして語れない。皆で悪い奴を監視すべきです。



## 2014年【9月】

関東大震災から92年　震災の2ヵ月前に生まれた兄もすでに黄泉に旅立った。当時の経験を語った人達は廻りから居なくなり知る由もない。戦争もそうである。年月経過すると風化してしまう。語り継ぐ事も大切と思える。

全盲の女子生徒、脚で蹴られケガしたニュース耳にし怒り心頭に達した。とうてい許せない、埼玉どうした。盲導犬が刺された事件、今度の事といい、人間のする事か。犯人を捕まえて極刑に値する。

敬老の日　３連休で、暑い時やり残した事、片づけで一日が短く感じた。日の入りが早くなった事も関係するのか。それに反し人は長寿となり今や65歳以上が総人口の25％、75歳以上が５人に１人の割合になるのが目の前に。社会保障費の膨張で手放しで長生きを喜んではいられない。

## ２０１４年【10月】

茨城県庁生協協力会の研修旅行があり、親睦を兼ねバスの旅。如何にしてこれからの仕事に取組むかなど意見交換した。そのあと出羽三山をお詣り――羽黒山、月山、湯殿山――あいにくの雨であったが荘厳の建物を見学し祈願した。

原蒼愁展を見てきた。一段と作品に風格がともない見事な作品に仕上がっていた。かなり前に頼んでいた、人生閉じた時の壷も展示され、大好きなカサブランカが絵柄となりその見事さに大満足。見てください。ステキよー。

今月は出掛ける事多く、農業遺産とか世界遺産を観た。いずれも観光でにぎわっており、昔の面影なく自然が失われ大型バスが多く停まり、そこは物を売る道の駅で各地とも特徴がなくパターンは同じ。残念至極。また反面何処へ行っても駅であろうと公園でも、トイレはきれいだし水は豊かでこんな素晴らしい国は世界に何処にもないと自慢できる。続けていって欲しい。

## ２０１４年【11月】

29歳の尊厳死の話が波紋を　余命わずかと宣告され尊厳死を実行。日本では安楽死に当たると認められていないが、自分で何一つ出来ない状態で生きていても意味がない。尊厳死のあり方、終末期の胃ろうによる延命を見直す時期に来ているのではないか。

小笠原諸島に集結しているサンゴ密漁船、目にあまる。やりたい放題。海上保安庁船は取締るといっても生ぬるい。外交問題と併せ自衛隊出動し監視強化、密漁の罰金の引上げ、船体没収など、厳罰強化を図るべきである。

相撲が始まり、今場所も注目の力士が出て熱戦。願わくは遠藤に勝ってくれと応援しているがなんせ体が小さい。しかしスターだ。見なかった者が関心を示す様になったのだから。人気先行で十分な稽古ができない部分も、本当のファンならじーっと見守って欲しい。

地下鉄の優先席付近ではＯＦＦと大きく表示されているのに、車内放送でも協力をと流しているのに、若者は悠然と座り、我関せずスマホで指けり。一人二人ではない。付近に居る人達全員。年寄りが乗ってきても知らんぷり。一層電車内で使用できない様にしたら如何かな。

白鸚三十三回忌追善の歌舞伎十八番の内『勧進帳』を見た。染五郎（現・幸四郎）が初役で弁慶を演じた。お家芸とは言え素晴らしく、気迫と情熱が満ちあふれ舞台に吸い込まれ、名場面に感動で興奮冷めやらず、久々に良い舞台を堪能し染五郎のファンになった。

沖縄県知事選　県内移設反対を訴えて初当選「ぶれずに公約実行」と国外移設の決意を強調。具体的には示されていないが、これから沖縄は若い世代と年配者と考え方、物の捉え方が乖離している様に思える。生れた時から基地存在で抵抗のない若者も居る。この辺の基本を問い直す時では……。

銀幕のスター　寡黙なヒーローが消えた。突然の死を悼む。最後まで如何にも高倉健、男の美学を貫き、スターである事を宿命と定め、徹して生ききった。日本の最後の映画スターが逝き残念である。合掌。

サントリーホールにバイエルン放送交響楽団、マリス・ヤンソンス指揮、ピアノ　クリスチャン・ツィメルマン、ブラームス：ピアノ協奏曲第一番ニ短調を聞いた。演奏のダイナミズム、鍵盤に走る指。繊細さと風格に満ちた演奏に、ただ魅せられ。二人の日本での初共演の素晴らしさに興奮さめやまぬ夜だ。サントリーホールの帰りに地下鉄銀座線に乗った。外人がさっと立って座らせてくれた。アリガトウと言って座ったが、そんなに年寄りに見られたかなとがっかりとうれしさがない交ぜ複雑な心境。日本の若者は皆スマホに夢中で我関せず無関心。この差は何だろう。

## 2014年【12月】

銀幕スター相次いで逝く　大物スターが残っていたと思ったのに。戦中戦後を育ち盛りに体験し、当時を若者に熱く語り、二度と戦争はしてはいけないと。奇しくも流行語に集団的自衛権。豪快に生きた菅原文太さんを惜しむ。合掌。

期日前投票に行った。結構若い人が来ていた。前に投票する人は批判的な人が多い様だ。新聞は自民党圧勝と書いている。自民に批判はある、しかし受け皿がない。民主の時代は最悪であり、あの仕分なんだったたのだろう。その繰り返しでは、泣くのは国民だ。選挙は棄権してはいけない。清き一票、必ず投票。



プリザーブドフラワーは色が変わらない事で今ブーム。愛好者が多くその一人でもあり、何点か7月の末に購入。10月末にかなりの葉が色が変わりカビの様な物が。買った所に問い合わせると、湿度の高いところに置いたのでは。我家で最も環境の良い所に置いての事と説明すると、持参してくださいと言う。それで持って行き直して貰ったが、取りに来てくれと言われ取りに行ったが、丁度ラッシュ時間にぶつかり大変な苦労をして持ち帰った。腹が立ってきた。反省の弁なく直せばそれでいいと云わんばかり。送付時は送料を頂きますと。これが天下の三越本店での出来事でした。

先週末、女4人忘年旅で伊豆熱川の山の上の温泉で一年の垢を落としてきた。残り紅葉を眺め、気のおけない間柄でゆったり気分を味わい、精気を養い元気を取り戻し、年賀状書きに勤しみ大部分書き終わった。

天皇誕生日　今朝の富士山はまれに見る勇姿にしばし佇み眺めていた。手賀沼畔からはのどかだが、日本各地では厳しい寒さと大荒れ。天皇のお言葉を拝し、つくづくいい時代、人間天皇を感じた日であった。

# 平成27年／2015年

## 2015年【1月】

元旦から手賀沼畔は明るい日差しで富士山がはっきりと勇姿を表し三が日共眺め、気分良かったが、反面日本海側は大雪、被害も出て気の毒に。今年の行末を占う日本列島だ。

仕事始めで平常通り出勤。電車は多少すいていた。未年の仕事始めかと。このところ晴着姿の女性をとんと見かけなくなった。夏だか冬だか判明しないカーテン生地の様な洋服を着ている若い女性、かなり短目丈。ミニの美しさがない。流行とは言え何とかならないか。今年も嘆き年かな。

阪神震災時生れた人達が成人に。親を失い祖父母に育てられたりと、辛酸を味わい今日までどんなに大変だったか。明るく前向きに進もうとしている健気な姿に、苦労の型は違うが社会に出て必ずプラスになることと心の中でエールを送った。

すきやばし次郎で鮨。次郎さんの鮮やかな手捌きに19種類の魚を食べ大満足で感激。満寿家でふぐ刺と松葉ガニを炭火で焼いて貰い、ふぐの甘さ歯応えの良さ、ポン酢の何とも言えない味わい、カニの香り、甘さをかみしめ舌鼓を打ち堪能した。こんな事は何回もあることではなく、至福の時間、倖せでした。

樫本大進、エリック・ル・サージュと競演　日本公演をサントリーホールに聞きに行った。演奏中もなごやかに笑顔で親密さと息のあった演奏で音楽の美しさに酔いしれた一夜。皇后様も盛んに拍手されていた。

鵜の岬　茨城県立国民宿舎　日本一予約の取れない施設と聞いていたが、紹介者が予約してくれて4人で出掛けた。眺望も良く一流ホテル並で、働いている人が若い女性で生き生きと感じ良く、好感持った。日立の地元の造り酒屋へ寄ったら、一軒は震災のあとやむなく廃業、残念である。廃屋になった建物目の当たりに。無念の気持ちを察すると涙が出た。遠い昔聞かされていた、造り酒屋で破産した実家、当時を知る由もなく。さぞ祖父、父も無念であったろうと。

## 2015年【2月】

久しぶりに落語を聞く機会に触れて　落語や新内は一人で何人者語る。語りに合った様子、状況を表現。笑わせ泣かせ成程と感じ入る。一人芸で聞く者にこれ程まで悟らせる芸の奥の深さ。感動し大口あいて思い切り笑った。楽しい一夜でした。

電車の優先席で杖をついた女性が立っていた。その前の若者はスマホに夢中、片時も手から離さず。誰一人として気づかないのか、わかっていて無視なのか。日本人の美徳は。最近こんな様子良く見かけ情けなさで腹立つ。彼らは姿勢悪くこの先、腰、背中が痛い連中が増えるだろう。

歌舞伎俳優また一人逝く残念　坂東三津五郎丈、立役で坂東流踊りの名手、確立した演技力で舞台で大きく見え　口跡良くはっきりセリフが聞き取れ好きな役者の一人。歌舞伎界にこれから若手に伝統を指導育成する人を失い大きな損失、惜しい、無念。合掌。

過ぎし如月　東京地方は大雪もなく一雨ごとに暖かく、梅も盛り過ぎ、桜を待つ日々。花見と言っているうち5月迎え、梅雨となり夏か。一年の過ぎし早さ。戦後70年、戦争を知らない世代が多い。悲劇な戦争のない平和国家で来た事は誇りだが、犯罪の横行が目立つ残念。

## ２０１５年【3月】

30年以上続いていた会を終了させた。時代の変化と共に移り変わるのが本来で、今様にあるべき姿でなければと思ったからで、なごやかの中に終了した。人はそれぞれ考え、思想も異なるので批判はあるはずだが、気にしない。前向くだけである。

『日経』に載っていた小椋佳さんの文章「最近は日本語が貧しくなってきているようで絶望感を覚えています。人間は言葉でコミュニケーションを取り思考するもの。日本語を大切にしなければ日本という「存在意義」すらなくなってしまいます。」全く同感。常日頃言い続けています。最近特に言葉が乱れています。

都民フェスティバル　邦楽演奏会が国立劇場であり出掛けた。日本の伝統芸能、義太夫、新内、清元、長唄と、葛西さんの解説が解り易く、掛け合い、琴曲を長唄に取り込み、初めて聞いたのでその素晴らしさに感動した。新内「蘭蝶」もさわり部分は聞いているが通しではなく、浄瑠璃は鶴千代であった。歌舞伎座で最後の舞台となった紀之国屋の蘭蝶を思い出し素晴しい舞台であった。今回詞章が映写されていたので解り易く、言葉は難しいが日本語の素晴しさ、文語体の文章を学ばなくてはと思い、曲の心地よい音色に癒された。

一年振り、狛江に行く。街中は変わっていないが戸建住宅が増え畑は全くなくなっている。環境に恵まれた幼稚園、運動場も広く子供ものびのび遊べる。今、保育と幼稚園一体化が進んでいるが園長曰く、乳幼児の子育ては人に預けるのでなく母親に育んでもらうためにも幼稚園丈にしている。大賛成である。

70年前、東京大空襲。下町が灰燼と化した。3・11大震災と、追悼式が営まれた。復興は思うにまかされない様子、この二つの事柄では戦争で人々は殺戮にあい多くの犠牲者が出た。震災で命を失った人は何等かの選択があり、「てんでんこ」の言葉がある様に自分の身は自分で出来るだけ早く高台にと……。まさか津波はここまでは、大切な物を持って行こう、車で走ったら早いだろうと、わずかな差で落命している。過去の教訓を生かし学ばねばならない。悲劇の戦争では国民意志は無く従うしかなかった。二度と起こしてはならない。憲法九条は守らねばならない。被災地の一日も早い復興を祈ります。

春最後のふぐを満寿家で懐かしい方と、新内家元・鶴千代、5人で話題沸騰、面白く話はずみ楽しい一夜。仲良しメンバーに全く違った世界の人が加わると、こうも楽しいものか。「ふく」の甘さにポン酢の絶妙の味。江戸前の春菊とねぎ。竹の子を食し、至福の時を過ごした。

彼岸の入りで墓参りに。常磐線が東京駅乗り入れで多摩墓地には行き易くなった。見渡す限りの石碑、中にいち早くお詣りし、花を手向けると気分がさわやかになる。乗物の便に恵まれ待つ間もなく乗降ができ、天気も良く、雨が降っても墓に居る時はやみ、電車に乗ると降り出す、不思議な体験をした。

「ひるおび!」で九十九里の鰯の水揚げ加工品の事を放映。盛んに廻りの人達にゴマ漬け、取りたての新鮮な背黒鰯を生で食する醍醐味を語った。その後、ゴマ漬とナガラミが九十九里の友人から届き何よりの酒の肴。嬉しく思わずここに書いてしまった。

平成27年／2015年3月

あきの会を発足　５人組仲良しグループ。鬢には白い物がまじり若くないが、年輪と共に味が出てきた。語りあいも楽しい。只一人女性加わり、若さと明るさで一段と盛上る。良き友人達。酒は飲めるうちが華、時間を有効に楽しさを深めよう!!

## ２０１５年【４月】

安房鴨川まで出掛けた。途中の風景、千葉独特の田園地帯にモダンな家が建ち並び、地方は何処に行っても変り映えしない。地方創生なら街造りも特徴のある姿に創り出せないか。その土地でなければ得られない様子を考えなくてはならないのではと思い車外を眺めて居た。


人事異動とかけて、新薬と解く。その心は、あたりはずれがあるでしょう。

上野東京ラインとかけて、スマホと解く。その心は、立ったままはた迷惑。

呑兵衛とかけて、思い出と解く。その心は、記憶がとぎれとぎれ。

花見とかけて、観光客と解く。その心は、一瞬の盛り上がり。

我孫子のバーサンとかけて、買い置きのリンゴと解く。その心は、匂いはすれど中カスカス。

40分の車中時間がもったいないので一人遊び。

常磐線が上野東京ラインと称して品川まで直行になった。一見便利になった様だが、かえって乗りづらい。始発駅から乗車する人が多く行きも帰りも座れず、上野始発も少なくなり、東京駅からだと全く座れない。なんで東京駅へ集客させ一極化するのだろう。乗る人の便を考えてよ!!

天皇陛下、戦没者慰霊のためパラオ訪問された。戦後70年という節目を果たされ、平和願うお姿、ハードなスケジュールなので体調が気になる。震災地にも何度も赴かれ国民を按じ、頭(コウベ)下る。

第18回統一地方選　自公系圧勝、知事選全勝。余程でない限り現職は強い。地方政治が空洞化している。これで地方創生はなせるのか。投票率も下回っている。政治そのものが劣化している。国として考えなくては。

まちむら機構の農林水産直売所視察ツアーinえひめ　全国の直売所を経営している人、またこれからどうしたら活性化出来るかといった人達の中に混ざり参加した。やはり人である。機械化進むとも人間の考え方、話し方、アイディア、努力、熱意、情熱を持つ人次第が良く解った。

松山の道の駅を視察に出掛けた。案内4箇所、日本国内で有数のモデル地区。地域と密着し、老齢化して行く社会状況を踏まえ活況を呈している。アイディア次第では活性化する地域発展。農業を中心にした地産地消を見事に成し遂げていた。

神田祭がはじまる。すでに仮設小屋ができ神輿を飾る準備がされている。思えば早いものだ。夏の暑い盛りに夏祭りでにぎわっていた多町に移り住み3年になる。神田の中で昔からの町並みを残し下町の人情もあり、忘れられた風景が茲にはある。

## 2015年【5月】

神田多町は昔からの住人が多く、人柄が人情的で江戸下町の風情を残している。しばらく顔を見なかったと心配してくれる人達。今朝越後屋さん豆腐店の夫妻に偶然会った。今噂をしていたと按じてくれ、家族に囲まれているほのぼのを感じる土地柄、東京でもまだ残っていた。ウレシイー

椿姫のオペラを観た。舞台装置も演出によりこうも違うのかと。ヴィオレッタ役のベルナルダ・ボブロが人物の感情、一途で気高い女性をよく表し難役を演じきっていた。解り易くいつもながらオペラは心地よい気分になる。

大相撲で2週間はテンションが高くなる。遠藤が大銀杏を結い一段と男前で景色が良いが、相撲は今イチ。脚が浮いて踏ん張りがきかない様で心配である。番付が下ってもケガをちゃんと治して土俵に上って欲しい。くじけず頑張ってね。親心かな。

集団的自衛権の行使を認める安保法閣議決定する。直接攻撃を受けなくとも他国への攻撃に反撃する

権利、集団的自衛権行使を可能にする自衛隊法と、武力攻撃事態法改正で、うす気味悪い。慎重にもっと解り易く説明を求めたい。

平成27年／2015年5月

第50回江戸食文化記念会に出席し、緑提灯五つ星の石井正江代表に腕をふるって頂き江戸前の素材と。しかし調達は困難との事。江戸前はすでになく、東京で作られている物を称し、江戸食文化の再現は難しい事を学んだ。千住のねぎ、江戸川の小松菜、春菊あたりは細々と残っている様だ。メバル煮付、さざえ、初鰹の刺身と蛍烏賊漬け、盛り沢山の料理を堪能し、酒もうまし、話題も豊富。てんぷらの「みかわ」の取材で中国の雑誌社の女性が居た。日本語を上手に使い、熱心に取材。50回記念に小誌を発行する話で、本来の発足時の理念を踏襲し、今後の活躍と、どうあるべきかの問題点討議。

大阪都構想　住民反対で廃案になった。注目した住民投票、激戦ではあったが中身理解していた人は少ないのでは。反対派の国会議員は理由を政策的な説明でなく住民サービスの低下といった言動で誘導したやに見え、本当に良くする代案あったのだろうか。大阪は改革をせず禍根を残した。将来の展望失い、長いスパンで物を考えれば今成すべきことを怠れば、そのツケは市民が受ける。目先のサービス受けられない言動に振り回された感は否めない。

WAZAの通告にしたがった。目先の利害のみの判断ではないか。捕鯨に反対している過激な活動家の思う壺。日本の伝統文化を守るためにも視点に欠けたのでは。これを許せば次にはイルカショーも残酷だと難癖をつけるだろう。何もかも十把一絡げのイチャモンに屈服してはならない。日本を封じ込めようとしている活動家に対し、日本の伝統文化を守る漁法、生活と生態系を守る意味でも、官民国として一体となって国際社会に粘り強く訴え続けるべきで、外交としてもコミュニケーション日頃から取る必要を感じる。

## 2015年【6月】

骨壷をかねてより注文　友人陶芸家、原蒼愁作。手元に届き、その見事さに感動。カサブランカをモチーフに志野焼の色、艶、共に見事の出来ばえ。当分の間飾り壷としてこの日で愛でて楽しもう。究極的道楽、生きている倖せ。

自転車利用者に安全講習義務化が始まり、安心安全の乗物にする。良い事だ。昨年は事故が10万9千件。歩行者との事故では裁判で高額の賠償の事例がある。運転免許がいらないため、利用者はルールを守り、通学する14歳以上には安全な乗り方を常に教え、守らせることが大切。

築地のさが美で寿司ネタ肴に一献傾け話題沸騰。隣に大好物の鮨を食べていた何ともほほえましい仲良し父娘、平和日本の象徴。世相は安保法案で違憲か合憲か揺れているが、平和日本このままで行きたい。

歌舞伎を見た。夕顔棚、初演は昭和26年、戦後復興期ようやく平和を取り戻し、夕顔棚の下、盃を交す老夫婦。夕涼みを楽しみ若き日を思い出し枯淡な心境を描く。菊五郎、左団次の老夫婦のユーモラスさに思わず微笑む。

## 2015年【7月】

奥会津の旅　伝統工芸からむし織の里　昭和村に、からむし織研修生織姫さんと、かすみ草栽培農家交流で、町村交流機構と出掛けてきた。伝統工芸を守りたいと高学歴の若い女性が織姫で技術を学び、家庭を持ち定着。空気、水、米が美味しくこの地を離れませんの一言が印象的。

奥会津かすみ草で環境配慮し生産「ちいさなくらし」と銘打ち7月~10月が生産で、冬は3m位雪深い地で秋には落葉集め葉土とし手塩にかけ丁寧に育てている。苧麻の栽培伝統工芸に背中を押され、背筋を伸ばし育成に力を注ぎますの言葉に感動。

廃校になっている旧喰丸小学校で見た。皆にわかる言葉で話しましょう。標準語で話し、人々がナマリがなく驚く。他の廃校活用でも地産地消、この地ならではの食べ物、老若男女共生き生きと額に汗し、情熱を傾け日本人の根ざした知恵と努力の結晶をみた。

大相撲　熱気と人気のうちに15日間が終った。上位の取組より幕下に頼もしい力士が多く、ようやく日本人が育ってきたと喜ばしい。今までは何処の国の相撲かな、モンゴルの国名が呼び込まれていた。

三横綱がそうである。日本力士、横綱目指して頑張ってよ。日の出が遅くなってきたが、雨戸開けると油蝉の大合唱。今日も暑くなるなぁ……。出掛ける前の仕事をこなし、玄関のドアに若草色したカマキリが見送ってくれて、天敵にあわないことを希い通勤の途についた朝でした。

## 2015年【8月】

油蝉のジリジリ声に猛暑、広島に原爆投下、あの忌わしい日の事。深夜放送で戦下の無残で悲惨な出来事を聞くにつけ、戦争はむごい、決してあってはならないと思う。戦争を知らない人達が大半、知っている人達がもっと話し語り、知らせる事が必要では。

高校野球創設100年記念　熱戦始まる。統率のとれた入場行進、各県で選ばれし高校生は、電車で姿勢悪くスマホに夢中の人達とは全く違う。70年前、神宮外苑の学徒の姿が目に浮かび、年齢的には2、3歳位の違いはあれど、平和な時代と戦争末期徴兵された行進の差。涙なく語れない心境。ああ平和を願う。

外国人観光客が多く中にはレンタカーを借り事故起こすケース。最近あった事で普通の道路を逆送し追突。被害者は日本人、車は破損、頚椎捻挫。100%相手賠償なのに加害者は中国人で、レンタカーに保険つけているからとすぐ帰国。警察も行政処分できず治外法権。道義的責任はどうでも良いとのお国柄。被害者はやられ損。持って行き場なく、クレームは我々に。その気持ちを理解できる。国と国との外交問題。日本人だけ対応しても事情が違ってきている。観光に力を入れてきている今、そしてオリンピック。国と保険会社は対応を見直すべきで、根本から改善しなければと思う。

若い女性に道をゆずられた。久方ぶりの光景。だが面映かった。そんなに痛々しい老女に見えたのかなぁ……、いや親切にゆずってくれたので素直に自然体に、ひがむなひがむな。これが年寄りのひがみかと反省しきり。

8月15日が過ぎたら戦時中の話題がマスコミから消えた。安保問題、参議院でもきっちりと与野党とも審議して貰いたい。国民も他人事に考えてはいけない。戦争を知らない世代8割近い。常に緊張し発信しなければいけない。



## 2015年【9月】

神奈川県秦野市在住の知人から、ぶどうの詰め合わせを頂いた。大粒の巨峰、マスカットなど見事な品に驚き、味の良さ、近年こんなに旨いと唸るぶどうに初めて会った。お礼の電話をした所、秦野も捨てたものじゃないわねと奥様が言われた。隠れた銘品、地域での努力の結晶。美味しかったです。

誕生日に10代のボーイフレンドから連名で花束を貰い、うれし泣きする程とび上り喜んだ。

常総市の水害の被害が明らかになるに従い堤防の崩落は水の恐ろしさを目の当たりに。水が引けない状態では家屋には住めない状態だろう。稲の収穫時期なのに、半年以上も手塩にかけて育ててきた米、残念である。この惨状をテレビでに映されているが、言葉を失う。

行列の出来る寿司　築地の大和に出掛けた。確かに美味しい。特別に大将がにぎってくれ、満足いく程食べさせてくれた。朝から一杯飲みなさいと大好物を振舞って貰い大満足。ある時見せて貰ったが、手の中指の筋肉がにぎり寿司の型に盛上っていた。これぞ職人芸と感心の極み。

日本、世界8位　何だろうと良く読んだら高齢者が住みやすい国ランキングで1位はスイス、2位ノルウェー、スウェーデンと、昔から聞きなれた国名だ。アジアから入ったのは日本だけ。寿命の長さ、健康状態の他。敬老の日が近づくが喜んで良いのか。確かに高齢者が多くなった日本。

9月場所初日、久方振りに国技館へ。幕下から観た。体が大きい、これからが楽しみと思えた。酒を飲みながら相撲を観る倖せ。切符を手配してくれた満寿家さんが心配して来てくれ、遠藤の時は初めて間近の席で観る事ができ嬉しかった。隠岐の海が白鵬を破り金星。何て心躍る一日。喜びと感動で舞い上った。

深まる秋。さわやかな風にふれ天高く馬肥るか。収穫目の前にして水没した田畑。農家の方の無念と切なさ、言葉がない。災害の惨めさ、丹精込め育てあげた稲穂が手の施し様がなく、己の命が削られる心境だろう。どうぞ負けずに……。

## 2015年【10月】

安倍首相のニューヨークで和食に関するイベントで各国の要人招待の席で法被を着てご機嫌であったが、日本古来の絵柄で上品な着物の良さを併せて欲しかった。法被であればといった安易では、はなはだ恥かしい。無形文化遺産に登録された和食の席だけに……。首相は海外へ行くと格好つけるのか気が大きくなる様だ。難民支援、これは良いとしても一にも二にも三にも経済、あらゆる政治資源を投入してもやり抜く、TPPも必ず妥結させると豪語。安保問題に煙幕を張り煙に巻くの……煙が出るのは火の粉が残ってますよ。

平成27年／2015年10月

地中海渡る移民52万人　欧州諸国にたどり着いた移民や難民、一ヵ月で17万人以上増えている。着けなく海上で命を落とす人、日本人は倖せだ。いいの悪いのと愚痴をこぼすが今は平和だ。戦後大陸から引き上げてきた人達の苦労が重なり辛い。

スマホ老眼という恐しい病が増えてきたと報道していた。さもあらん。スマホ依存症の人達の多い事。朝起きてから片時も離さず夜は遅くまで青い光と細かい字、同じ姿勢、電車の中の座り方の無様。やっぱりいよいよ出てきたか。目、首、足腰と痛い人たちが益々増えるだろう。行儀の悪さの結果の奇病かな。

# 平成28年／2016年

## 2016年【3月】

最近通勤電車の中、新聞、本を読んでいる人を見掛るが、若い人は相変ずスマホ依存症。混んでいる時間帯、乗降はギリギリでも端迷惑を考えずスマホに専念。わずかの隙間見逃さず棒立ちの姿。なぜそれまでに見るものがあり伝えたいことがあるのか摩訶不思議。

相撲が始まり連日の熱戦で観ている方も力が入る。日本人横綱誕生なるか盛り上り、廻りもライバル意識高まり久し振りに強い大関を観て一段と楽しいが、遠藤が振るわず一抹の淋しさ。思い切って休場しケガ治し、前の様に果敢に戦う遠藤を見たい。横綱白鵬、見苦しい駄目押し、心技体をなしていない。安美錦は相撲が上手と言うが、立会い変化し勝ち名乗り上げる。正々堂々と真っ向から勝負して貰いたい。ただ勝てば良いは相撲ファンにとって情けない思いだ。

人を殺すのに刃物はいらないと言うが、最近の週刊誌のすごさ、記事のむごさ。情容赦なく切り捨て書き捨て一方的に書きまくっている。スキャンダルには双方に責任があるはず。悪意を持った書き方に思える。これも売れれば良いだけなのか。

未成年者誘拐容疑で逮捕された男　悪びれもせず平然とした顔が写し出され、全くあきれはてる。大学卒業し就職も内定、成績も上位のようだが一般常識は養われず幼稚そのもの。相手の人生、自分の周囲にどんな迷惑と汚点を残すか考えない行動、何たる事か。

**２０１６年【４月】**

我孫子市白山に嘉納治五郎ゆかりの桜、今年も満開。道路に沿って風格のある古木、健気に咲いている姿は一層愛おしくなる。きれいと見直すだけでなく、何か桜のためになるよう人間が考える必要を感じている。

思わぬアクシデント　転倒し右手指靭帯裂傷で、たかが指一本されど利き手の指だけに全く不自由。箸もペンも使えず、左手で盃を持ちつつ諦めと悔いでじっと手を見る。

医者に行く事があり、3月から4月にかけ何ヶ所かに診て貰ったが、初めての所では生年月日で診察されている感があり、あまり気持の良いものではない。整形外科では加齢による云々とか、まだ若い人には負けませんよ、頭もしっかりしてますよ、と言ってやりたい。朝も早くから通勤し現役です。但し年齢不詳。

上野駅　夜8時30分頃、常磐線で既に座っていた若い女性が席を譲ってくれようとした。最近初めての事で驚きと感動、丁重にお断りし立ったまま雑談。彼女曰く、譲ろうと友人と話していると。自分だけ良ければとスマホに耽る輩が普通と思っていたが、一人でも居たと18歳の女子大学生に会いハッピーな気分。

大相撲の切符を落としたと、一緒に行く水戸の友から大慌ての椿事があった。一時はあきらめ、何とか代わりのチケット手配をと、大変な思いの何時間、夕方拾った人が届けてくれたと連絡があり、ホッとした。水戸には親切な人が居るんだと感動とうれしさを味った。

## 2016年【5月】

相撲が始まり楽しみが増した。初日を観る機会に恵まれ、思い切り声はり上げて楽しく応援した。水戸から足を運んだメンバーも初めての国技館での観戦を大変喜んでおられ、こんなにも人を和せ喜ばせる国技である相撲に深く感動した。確に会場の熱気は興奮さめやらずといった思い。

北の富士さんにひょんな所でお目にかかった。ラフな格好だったがどんな姿でもそこに居るだけでオーラと風格がある。解説期待していますと告げた。ファンとして見るだけで自分が30年も若返った様な気分になった。

指がなかなか良くならない。レントゲン撮ったらやはり骨折しているとか、早く言ってよ。こんな不自由な暮らしがまだ続くのかと思うと……字は書けない、箸は使えず、暮らしの中ですべて右手使用になっていて、左手では思う様に事が運ばない。もうしばらく不自由な生活が続くようだ。

## 2016年【6月】

東京オペラシティでトリオコンサート　樫本大進、小菅優、クラウディオ・ボルケスのベートーヴェン　ピアノ三重奏曲　第七番「大公」。スケール大きくベートーヴェンの抒情性の広がり、3人の繊細な演奏に酔い。いい音楽を聴くと心が洗われる。

連日放映にぎわしていた舛添劇場も幕が降りた。終ってみたらボタンの掛違い。法に照らせば違法はしてないが不適切である。セコイ金、額の使い方。「何よ私達の税金を」となり、火に油を注いだ如くとなりか……。これからは時間は出来るはず。歌舞伎でも観て日本人の男ぶり、美学を学んで欲しい。無念であろうと男の潔さ、出処進退、末代まで名を残す男の生き様。往生際悪く未練タラタラが最も嫌われる。猛省を。

まちむら機構の関係で、八ヶ岳山麓、野辺山地区のレタス収穫体験に行ってきた。高原に広大なレタス畑、青々とみずみずしいレタスの収穫に取組む姿の心懸さ、ネコの手も借りたい状況。

主体となって生産しているのは若者達。いきいきと農業は夢と希望が持てると位置づけ家業の継承に意欲と情熱を傾け、そして伝統を保つんだと力強く語っている若者達と交流し、日本の農業も地域、場所によってはこんなにも明るい萌しが見え、捨てたものではないと実感した一日でした。

萌木の村　八ヶ岳ビール醸造所見学。ここでも若い工場長が工程を説明してくれた。前日、美味しいビールを味わっていたので余計興味を持ち聞き、牧場でとれる新鮮な牛乳とソーセージも味わった。村と称した施設が充実して居り、銘品の販売と色とりどりに工夫を凝らした店廻りもなかなかのもので、楽しく散策でき、レストランには行列ができていた。工夫次第で地方の活性化は図れるんだと思い後にした。

## 2016年【7月】

都知事選　今話題の出たい人、出したい人、この差は埋まらない。あとは有権者にかかっている。本当に東京のためになるかどうか。面白さと知名度での選出は禍根を残すのでは……。

参議院選挙　今一つ盛り上りに欠けている。政見放送も新聞も、一般人とかけ離れた感あり。立候補者とその周囲だけあわただしく。選挙とは国民一人一人が責任ある行動、清き一票を生かすも殺すも有権者が問われる。

第50回　江戸食文化有志の会が「水たき玄海」で開催　東京の老舗、江戸東京の食材を使った水たき、い大いに賛同。

鳥を堪能した。記念すべき50回にあたり東京湾と江戸前食文化に対し参加した感想と思い出を綴って一冊にする記念出版についての案と構想など話しあわれた。有志会が十数年続くとは稀なケースと思い大いに賛同。

選挙終ってみれば、テレビ露出度の高かった人、何となく名前知っているので書いた、この程度が多いのでは。放送関係に席を置いていた人達は有利に当選している。ただ当選すれば良いのであろう。政策もなく与野党も批判合戦。選挙がむなしい。

相撲が始まり楽しい15日間。日本人横綱誕生か期待が大きい。横綱がモンゴル人だけ、日本国技でなく他国の相撲に力士が参加にしている感がずーっと続き、有望な力士を見出し応援にいそしんでいる。若手の力士が体が大きいし、これから楽しみである。解説の北の富士さんの粋な着物姿　ほれぼれと見てしまう。白鵬の腹立たしい取組を見るより解説者の姿をテレビに多く映して欲しい。

『北の富士流』という本を読んだ。面白く大変参考になる部分多く。一朝一夕にここまで上ったのではなく、積上げ努力の賜物と資質と稽古。度胸男気人柄の良さが本にしみじみ出て居り、今ある姿解説の上手さ、粋な着物の似合う第一人者。元気でおしゃれな解説者として長く続けて欲しい。

## ２０１６年【８月】

ウルフと言われた、角界初の国民栄誉賞に輝いた千代の富士死去。まだ若い惜しい人を亡くし残念である。小兵ながら豪快な相撲で大きな力士投げ飛ばす姿など、たまらなく魅力があった。涙を浮かべ体力の限界と聞いた時もショックだったが、もっと辛く悲しい。合掌

都知事選、終ってみたら劇場型　同情と恨みつらみの結果が勝利。他県の人から見ると全く面白かった。踊る人踊らされる人、手を変え品を変え人気は同情から。テレビ露出度、可哀想票。日本人の姿を良く表していた選挙と思った。これからお手並み拝見、期待しますよ。

築地の魚卵など買物に行き、場内の大和で寿司を食べた。相変わらず行列で外人が多く並んで居たり、3時間待ちとか、いつも驚かされる。席に着くと酒好きを知っている社長が注文せずとも朝から飲み、たらふく寿司をほおばり、いい気持で買物を楽しんだ一日でした。



## ２０１６年【９月】

未成年者の犯罪が後を絶たない。4～5人で一人を襲い命まで奪う。川崎の悲劇の繰り返し。理由はライン、メールを無視したという幼稚な感情で自己中心主義。特に男子は母親の過保護が目立ち甘や

かしの結果、人の痛みを理解できない軟弱な男子が多い。

築地移転延期が確定し知事の会見が行われた。都民目線を主張していた。かなり難問含む問題抱え、立ち止った程度で片づくのか、知事のお手並み拝見。

誕生日を迎え考えさせられる事多く　何よりも健康で居れるか、これぱかりはなる様にしかならない。日々自然体で。敏捷な動きが出来なくなった。あとは変化がなし。顔は寄る年波で皺が目立つが仕方ないと諦めている。体は痛い所なし。食物、酒とも美味しい。倖せである。

野菜も果物も形、色、味と整っている物は世界でも珍しい。耕作面積が少ないから一ツ一ツ丹精込め愛しみ育み、安心安全兼ね備えている。日本の生産者は自信と誇りを持って。

相撲が始まった。初日の国技館は満員大歓声。東京開催は今年最後の場所だけに盛り上っていた。落ちた人上った人、力士は悲喜交々。白鵬は休場、日本人横綱の期待があり声援はあるが、初日の負け方見ると危ぶまれる。心配していた遠藤は白星、ホッとするファンでした。

指を怪我して半年に。一向に良くならず毎日不自由な暮らし。初診のミスではないかと疑いたくなる。たかが指一本されどこんなに困るとは想像もつかなかった。右手だけに力は入らず字は書けなく包丁使うのに困るし、困惑の日々がまだ当分続く様だ。

中秋の名月　残念ながら雲の中。〝月々に月見る月は多けれど月見る月はこの月の月〟月見の宴、秋の味覚を供え薄の穂を照らす月。子供の頃月見団子を頬張った光景が懐かしい。秋の長雨突入で秋の収穫に影響及ぼすのか心配。

３０１０（サンマルイチマル）運動が全国の自治体で広がっている。食品ロスを減らす。宴会中時間を確保し残さず食べる。年間６３２万トンの食べ物が捨てられている現状。世界食料援助の２倍が食べられるのに捨てられている。資源のない日本、食品ロス削減運動は国をあげて行うべきではなかろうか……。



## ２０１６年【10月】

10時過ぎの電車に乗る事はほとんどないが先日驚いた。遅い時間は年配の女性が多い。軽装で3～4人グループ、如何にも晴々として楽しそう、生き生き。足腰が痛いと家で暗い顔して過すより、どんなに良いいか。健康寿命で出掛けられれば喜びである。

茨城県庁生協協力会の研修旅行で、真田氏三代発祥の地、長野上田城、海野街道など見学、親睦を深めた。時代の流れ、変わり行く体制のなか如何に構築して行くのか議論し、参考になる意見を聞き、前向きにこれからも各社で努力して発展につなげましょうと語り合った。

ＮＨＫドラマの影響が如何に大きいか実感した。真田丸ドラマの館、城に人、人……が溢れていた。大半は年寄の男女。若い人は少なく40～50代は女性のグループ。出掛けて来る位だから皆元気。ツアー観光でバスの旅。賑やかで世の中暇な人が多いと驚き。医療費にかける位なら出掛ける方が国も本人も……。

アメリカも地に落ちたか　大統領選挙の両候補討論、目耳を塞ぎたくなる中傷誹謗合戦が世界に発信。大国の権威もあったものではない。統治能力が疑問である。日本も対岸の火事とは言っていられないだろう。人の振り見て我が振り直せか。

サントリーホールで赤穂姫路２０１６　10周年記念東京特別公演　皇后様がお見えになった。ピンクの洋服をお召しになり、樫本大進のブラームス　セレナーデ第一番を聞き拍手なさっておられた。ご公務多忙にもお元気なご様子。喜ばしい事と思いました。

小池知事とバッハ会長の会談。役者は一枚上かな。老獪の会長。和やかの中に譲れないものは譲れない、原則に則って。世界のオリンピック開催を見ているだけに……知事の落とし所で株が上るか下るか、小池劇場はリアルだけに面白い。

埼玉の某病院に見舞で行った。複雑な病棟で解りづらいがたどり着いた。病人は良く寝て居り隣の人は意識もなく口をあけて寝ている。そこにご主人らしき老人が一時間近くじっと座って居り、そのまま黙って帰って行かれた。命の尊厳と言うが、はたしてそれが生きている事なのだろうか。心臓が動いているだけ、物は食さず会話もできず、オムツ付け、誰よりも本人がつらいだろう。本当に考えさせられる場面でした。

## 2016年【11月】

遅く出勤。乗車と同時に若く茶髪の男の子が次で降りますからと言って席を立った。珍しい事なので顔を見てしまった。茶髪に偏見があったように思う。素直そうな顔立で降りる時も挨拶していた。あの茶髪は若い時に一時染まる一種の流行（はやり）病なのかな。

埼玉サイボクハムに見学を兼ね仕事関係の人達7人で出掛けた。地域貢献で肉、野菜何でも揃って一日遊べる。遠い所から家族ぐるみで食事を楽しんだり施設見学と賑やか。正に地域活性化、若い人が生き生きと働いて居り、一箇所こういう場所があるだけで人が集まり消費も伸び、町おこしだと感じ入った。

アメリカの大統領選、固唾をのんでテレビを見て居た。予想もつかない状況、大衆迎合で8年振りの政権奪取、完全勝利。変革を求めたかにして支持層の熱狂ぶり。米国第一主義を掲げ内向きに。世界は日本は……。

新内鶴千代のリサイタル、今年は松也が口上を述べ、熱演の浄瑠璃を聞いた後のふぐはまた格別。こんな機会でないと。親しい人たちと久し振りのふぐ、寒さも増し今が食べ時。神田鍛冶町満寿家のふぐは絶品である。

白鵬通算1001勝。なかなか出来るものではない。今場所出ているだけで場所が締まる感じ。威風凛凛、横綱の貫禄、見事なり。遠藤の調子も良く喜んでいる。テレビは映してくれないがファンとしては仕切の時から見たい。解説者の顔だったり終わった取組を映す。北の富士さんの解説以外は顔は映さなくていい。

高齢ドライバーの事故が連日報道され、保険に携っている者には関心が深い。恐くブレーキとアクセルの踏み間違い。年を重ねると運動神経が鈍くなって咄嗟の判断ができず惨事を引き起こすのでは。毎日の様に車を使い慣れている、が凶器と化す。車は便利であるが事故は自他共に人生を失う。

遠藤ファンとしては久々に主役報道でうれしさと、取組を見て心配になり、母親的心境。ファン心理とはこんなところか。頼もしい力士が増えてきて相撲が一段と面白くなっているが、浮世絵に出てくる様な力士は遠藤が抜群。ガンバレ遠藤！

藤原ていさんの訃報を知り、子供の時『流れる星は生きている』を読み、引揚時の大変な苦労と想像を絶する体験が綴られ涙で驚愕した事が思い出された。外地での戦後の悲惨な体験、あの苦労はこの平和ボケした状態では考えられないが、ああいう本を読み、一人一人が見つめ直す必要があるのではないだろうか……。

マリス・ヤンソンス指揮バイエルン放送交響楽団　ベートーヴェン　バイオリン協奏曲、ギル・シャハム演奏。アメリカ屈指の名手と言われているだけあり、素晴しいの一言。指揮者とも和やかな風韻を感じ、いい音楽は心を穏やかにし明日の活力につながる。

## ２０１６年【12月】

研修で古都金沢へ行って来た。師走とは思えないほど暖かった。観光に特化され街並みも変わってきて居り、昔の俤が薄れて一抹の淋しさを覚えた。乗っている時間は確かに短縮され、飽きるほど長く感じた当時とは違いがあるが、その反動で何かが変わってきている。古き良き物を失わず行きたいものと……。

小池劇場は相変ずパフォーマンス、メディアの露出度といい被写体も堂に入ったもので、予算要求の陳情者に15分会った位で何を理解する。何でも首を突込んで自分をカメラ撮らせ報道。そんな事していては前へ進まず滞る。結論先延しでは……。任せるものは任せ、出すべき結論を出し、それから露出すべきだ。

新聞休刊日とはこんなにも手持ち無沙汰かと。朝起きてポストから新聞とり、インク香にすっきり目覚め読み出すこの習慣が欠けると、大切な事を一つ失った様に感ずる。ラジオと新聞が大好きでこれだけはセットで活用したい。朝から青い光はなるたけ避けたいので、アイパッドは見ないから。笑われてもいい、紙面で活字を追いたいのだ。

師走ともなると何かと慌しい。日の出が遅く日の入りが早く、4時過ぎには暗くなる。寒さとも相まって一抹の淋しさに心細さが増す。冬至までは暗くなるのが早いと解っていても……。日が長く太陽の明るさは倖せの心情になる。太陽の暖かさの恩恵は受けたいものだ。

# 平成29年／2017年

## 【1月】

権力権威で人に物を頼んではいけない。気持ち良くいい関係を保ち続ける努力。金は貯めるのではなく使う。金は動く、動きを止めると流れない。オアシだから。要はケチではいけない。金も気も使わない人は人に物を頼んではいけない。生命（いのち）が富である。柔軟な思考に柔軟な体力づくり。健康体は何物にも勝る財産なり。

自宅で新年会を開いた。暖かな一日。来る人は元気である。久し振りに逢う人が多く年々それだけで年を重ねて年寄りになったなあと思う。出席した人達は健康寿命が延び元気。酒を美味しく楽しく飲めて倖せである。

日本人横綱誕生　19年ぶりとか。本当にうれしい限り。相撲ファンにとっては待ちに待った。苦節に耐えようやく辿り着いた。言葉に尽くせないこともあったろう。地位が人をつくると言う。悪い面を払拭し品格ある横綱に。

## 2017年【2月】

沢山のファンの見ている前で、新横綱稀勢の里　奉納相撲披露。久し振りの日本人横綱、大いに期待、来場所が待ち遠しい。そのためにはファンや贔屓筋の方が祝いに託けず静かに見守り、稽古に専念できる環境にしてやりたいものだ。

やりたい放題言いたい放題トランプ、日本でも劇場型都知事、かなり似ている。すべて自己的、政局一辺主義。人気に乗じて格好付け。単なる見せかけ人気取り、果たして人々の倖せにつながるだろうか。禍根を残す事はないか。都民は浮れず冷静さが問れる。

節分だ　寒いからか、はたまた空気がきれいになったのか、手賀沼西方から連日富士山の勇姿。朝は真白き富士嶺、夕方は茜色に染まった富士山。趣は違い見応えを感じ、日本人として富士山を見ると、とてつもない倖せを感じるのです。

鶯の鳴音が上手になってきた。鳴き始めて一週間、こんなに上手くなるのかと感動、聞き惚れる。木蓮の白さが目に染みる。木々の芽吹き、鶯色とは良く言ったものだ。保護色で鶯は見えない。この人は違う。鶯色を好みカメラの前に立ち、笑っても目は決して笑ってない。さて腹の中は……。

稀勢の里　奇跡の優勝　見事な活躍、ケガ心配したが精神力、何かの力が働いたと言明。見ている人もそう感じたはず。大和魂ここに有り、日本人横綱を見事張った。多くの人達に久々に感動を与えた。遠藤も勝ち越し、若手の働きが目立ちこれからが楽しみである。

豊洲移転問題で市場問題プロジェクトチーム（ＰＴ）が築地市場建て替え案と課題を整理。ＰＴは具体的に議論するとは今更何よ。政局の時間稼ぎに見えて仕方ない。立停る時間が長くなれば補償も大きくなり、無駄な税金投入になる。身を切る位の判断は当然。リーダーとはそういうもの。

## ２０１７年【４月】

桜前線が話題になってきた。毎年の事と言い何か花に浮れる気分となる。日本人が桜を最も愛でるのは咲き方、散り方の潔ぎ良さが人の心へ裏打を感じさせる。一分咲き……満開と段階があり、そして散っていく。人の一生の哀れさの承相なのかな。

このところ新聞テレビでも良く使われている言葉、早くも流行語。忖度、立止り。口を開けば忖度、他人の気持を推し量るとある。悪く言えばおもねる。片や立止りで時間と金を無駄にしてやしませんか。都合の良い表現、とかく住みにくい世の中。青く澄んだ空の下、桜の如くきれいに咲きたい。

日本橋コレドで落語を聞いた。小朝の愛宕山、話術の巧みさ一人芸で聞いている人にその情景が浮かぶ。国会議員は記者会見の時、相手は怒るよう仕組んでいるのに、まともに怒る。軽くいなせる術を学ぶべく、落語家の特訓をすすめます。

ラジオ大好き人間　朝5時からTBSを選ぶのは癖の様なものだ。田中康夫氏が話した公平で適切な意見を耳にし、最近は今流行(はやり)の忖度で耳ざわりの悪い方が多い中、何かほっとした。テレビ・ラジオの影響は大きいので偏った意見は如何な物か。好感を持って聞きたい人は森本さんと大宅さんかな。

世界と日本の水産業からみた豊洲移転問題　小松正之氏の講演を聞く機会を得た。2時間近く、大変解り易く水産資源の枯渇、流通、消費の変化と、データに基づいた解説で築地市場、そして豊洲への移転の本質論、あるべき姿について語り、成程と思う事多し。都民ファーストと言うなら自分の使い勝手の良い委員ばかりでなく、辛口であるが国際的視野と海外の先進的市場など知り尽くしている小松氏の様な水産業に立った人の意見を聞く耳持ったら、立停まり過ぎて無駄金を浪費しなくて済んだではないか。築地だ豊洲だと、安心安全を取って付けた様な言葉羅列し、土壌汚染問題云々と犯人探し、とどのつまりは政争の具。補償金は税金である。自分ファーストをあっちへ置いて、リーダーとして判断は早急にすべきである。

## ２０１７年【５月】

北の富士さんに偶然会う機会があり、相変らずいなせな和服で着こなし様になり見事な男振り、相撲も14日からでその解説が楽しみの一つである。日本人横綱に期待しているがケガ按じられ、無事に横綱相撲を祈る気持です。ガンバレ稀勢の里。

GWも過ぎ、立夏と共に祭りだ祭りだ。神田明神祭一色のこの界隈。なかなか今時にしては優雅だ。ある意味伝統文化の存在。神輿の仮設場所が設置され、町全体一丸となって取組んでいる様に本来の日本人の姿が見える。

東京都が超豪華クルーザー視察船を発注したニュース見て驚き呆れ。金のある都市は何でも有り。オリンピック施設費用も見直しと時間稼ぎで結局は原案通り。豊洲が安心安全、維持費が高いから云々と……立派な言葉を連ねて花火を打上げ、何処までも政争の具にし、優先順位を間違えているのではなかろうか。

オリンピックも経費がかかると金の話ばかりになり、スポーツの祭典本来の目的が完全に消され、負の部分だけ強調されている。これから日本を背負っていく若いアスリートの夢を殺ぐ。この責任は開催する東京都にある。安くする方法としてあっちの県、こっちの県と調査と称して出掛け、経費の明

平成 29 年／ 2017 年 5 月

細が明らかになっていないが、時間ばかり費し結局元に戻す。透明化を言うならば発表すべきだ。見せ掛けだけ都民ファースト、エゴのかたまりである。

我家自慢のヌカ漬　昨夜食べ美味しく酒が進む。右手を痛め思う様に手入れが出来なかったが、数百年続いている実家の糠が素で、大切にヌカ子ちゃんと呼んで育んで来た。美味しいですよ。ヌカ子と暮らすのでマンション住まいが出来ない。

**２０１７年【６月】**

切手が値上げとなる。葉書を多く使用するので今回の20％値上げ、今時20％も上るとは？大きな比率である。人件費が重く、23年ぶりとか御託を並べているが、郵政民営化は値上する事だったのか。総務省の庇護の下では公正な努力と知恵は出せないだろう。

電車の中で自己中に出会う。いずれも50代前半の女性。電車でスマホに夢中、揺れて体が触れた途端怒り出す人。体が不自由な女性の前、優先席に座り、その人を見ていても譲らず。こんな人に子供が居たらどんな育て方しているのかな、パートナーとは……想像したがやめた。背中がゾーッと冷たく寒くなった。これは冷房のせいではないなと……。

## ２０１７年【７月】

仕事関係の研修で長崎へ出掛けた。豪雨ニュースの中、激しい雨に降られる事なく天気はマアマア。陸の孤島と良く言ったもので交通はバスが主体である。物産は良い品が揃い観光も歴史の街並で観光特化できるのに、残念ながら鉄道が普及していない。九州の中で取り残された感あり。世界文化遺産・軍艦島　長崎半島から西約4.5㎞、長崎港から南西19㎞、端島。海底炭鉱の島、かつての高層鉄筋アパートが建ち並ぶ外観が軍艦に似ている事からそう呼ばれる。産業革命遺産。石炭の疲弊にともない閉山となった。石炭産業の歴史を目にした。

## ２０１７年【８月】

夏休みに久しぶり出勤、電車はすいて居り楽々座れた。前の席の女性ミニスカート足を広げて化粧を始めた。反対側の男性目のやり場に困っていた。働き盛りの中年女性、化粧終るとスマホ指ケリ、ひざは開けたまま。恥を知れ。戦後72年、平和ボケで人間が変わってきた。

お盆休みをしたので脳外科でＭＲＡ、超音波の検査を受けた。生れて初めての検査で、複雑であったが何処も何も悪くなく、血管もきれいですと。ああまだこのままで生きていられるかと、もう一苦労してみようと元気に出勤に及んだ。

戦後72年　戦争体験者のなまなましい事実を聞き、悲惨さに思わず涙々。知っている人も少なくなり耳にする事も終戦の8月くらいになっている。日本人にとって決して忘れてはいけない。常在戦場、語り続けなくてはいけない。

取手で収穫し翌日出荷しようとした夜、盗難にあった事をニュースで知り、心から気の毒に思った。農家にとって米は一年間の収入源で、丹精しそこまでこぎ着いた矢先盗み取る輩、許し難い。犯人を捕まえ極刑に処したい。

北朝鮮、困った国だ。号外出たり電車は遅れたり。ミサイル発射の暴挙はきわめて深刻である。Jアラート、何をどうして良いか解らず、こんな時のため知識として細かく具体的に避難方法、場所とを検討すべき。戦時中の防空壕を思い出し、情けないの一言。

## ２０１７年【９月】

都議会がチェック機能を失っている。唯々諾々聞き支持。知事の思い通りの独裁になって行くだろう。物事決めず混乱させて上手にすり抜けていく。良識ある都民はこうなる事を解っていたはず。歴代知事の中で最悪になるのでは……。

最大会派になった都民ファースト、政治素人集団。知事に付いて賛同していれば役目を果したと、

平成29年／2017年8月

そんな様子にしか思えない一時的人気。決めず引き延ばしてきたツケは大きく混乱を招く。豊洲問題、オリンピック結果は分散開催で余分にソフト面で無駄な税金投入。都民の責任は重い。

寸暇を惜しんでスマホ見ている輩、決して知識を得ようとしているとは見受けない。あんなに熱心に眺める必要があるのだろうかと毎日の車中で感ずる。朝に晩に目をショボショボさせながら姿勢も悪く、まもなくスマホ病と称する病魔に冒される日が近づいているだろう。

相撲が始まり、15日間の熱戦を何よりも楽しみにしているのに三横綱休場と知り何とも言葉にならず残念。稀勢の里は休場して治療に専念してと思っていたので仕方ないが、しかし二人の横綱ケガ原因、本人も辛いし残念だろうがファンはもっと残念。

最近災害の被害が大きく、気候温暖化が叫ばれているが、人工的災害の部分も否めない。農地を大きくし機械化導入、農地改良事業で治水、道は埋られ自然の水の流が失せ、メダカの姿も見なくなった。そのため一時的大雨降ると河川の氾濫につながっているのでは。山間の棚田の氾濫は聞いたことがない。治水が維持されているからでは。この事についてはもっとボヤキたい。

## ２０１７年【10月】

涼しくなり収穫の秋、食物が美味しくなってきた。秋の味覚、日本の秋ならではの新鮮で爽やかな品々。日本人に生れて良かったと思う季節だ。最近若者の味覚が変ってきて気の毒に思う。肉系、ラーメン系の様な味を好む傾向の人が多く単純化している。本来の味が消え去ろうとしていて一抹の淋しさを感ずる。

誕生祝いに宝塚劇場に招待され久しぶりに出掛けた。日比谷もずいぶん変って一昔前とは全く違い驚く。ここを通って霞ヶ関付近を歩いていたのにと懐かしさを感ずる。東京の街は今建築ラッシュ、高い建物が増え、人間は益々小さく、地面を蟻が群れを成して歩いているようにしか見えない。しかし一歩、劇場の中に足を踏み入れると宝塚ファンの若い女性が圧倒的に多く埋め尽くされ、舞台は晴れやかで夢の世界に浸れる。テンポ早く踊りの華やかさ、老若関係なく敏捷な動きに羨望と感動の夕べでした。

誕生祝いが所を変え形を変え、一ヵ月位続いて居り、温泉巡りと美味い酒、食べ物を求めて長野方面へ連れて行って貰い堪能した。温泉は泉質が良く、特に白骨温泉のぬるい湯は大満足。新栗、新十割蕎麦に新酒の数々の銘酒を飲み、何て倖せ。健康に恵まれ食べて飲めて小原庄助を地で行き、感謝の旅を満喫できました。支えてくれている人達アリガトウ。

形の見える日常生活の必需品などに対し高いと言って文句をつけ、中身の見えないスマホなどに浪費してそれには気づかず、人々に迷惑をかけていることにも恥じない輩が多い。足元手元を見つめ直し、生活パターンを単純化せず健康的に、先ずは人に迷惑をかけない生き方を……それは社会の変化と教育かな。

茨城県生協協力会の研修で今年は長岡に行った。城主牧野様を良く存じ上げているので行く先々を紹介して頂き有意義に見学でき、きわめて快適で見識を深めた。しかし家宝とする物を継承して行くのは大変な事であり、文化を保つ常在戦場の姿勢に敬服した。

殿の気遣いに人を大切にする心得、住民が慕っている姿に人はこうでなければと思い感心。人心を極めるとはこういう人の事を言うのかなと……山本五十六記念館に立ち寄りその人物像に触れ感動し涙した。毛筆の上手さ筆まめさに感心の極み。

文武両道質実剛健、太平洋戦争開戦時の先見性、だが意に反し連合艦隊司令長官として大戦争の指揮をとり、ブーゲンビル島で戦死。手紙文面に伺えるしなやかさ、強く生きた人間性、21世紀にこんな人が居たら世の中も政治も変わるであろう。

平成29年／2017年10月

日本が誇れる事は何だろう、公共施設のトイレかな。日本全国何処へ行ってもきれいで清潔で本当に有難い。その陰に掃除してくれる人達がいる。黙々と掃除している姿を目にすると思わずアリガトウ、貴方達のお陰ですと心からの気持ちを伝える。しかしきれいなのが当然という顔している人が多いのに驚く。

秋になるとご飯が美味しい。最近外食でもまずいご飯がない。米が良いのか炊き方か、嬉しい限りだ。白米は何にでも合う。糖質は……と耳にするが、日本人は先祖代々米を主食にしてきた。近年食するようになったパン、甘味、油ラーメンなどの方がはるかに体に合わないと思っている。あくまでも米愛好者である。

## ２０１７年【11月】

エディタ・グルベローヴァのルチアを見た。目の眩むような高音、技巧を駆使した狂乱のアリアを歌った表現力の豊さ昔と変らず衰えておらず、驚きと感動に久し振りに酔いしびれた一夜でした。良い物を見たり聞いたりは刺激になり元気を貰う。

菊池寛実記念智美術館で「八木一夫と清水九兵衛　陶芸と彫刻のあいだで」展を見て来た。東京の真ん中にこんな閑静な一角があったのかと先ず驚いた。中に入ると静かで外の雑音は一切聞えず作品に触れ、見事なまで研ぎ澄まされた作品に驚き見入った。

自分だけ良ければが蔓延している世の中、誰にも話せない相談できない孤独感にさいなまれた若者S

NSでつながり身の置き所求め、殺人鬼に9人の尊い命が奪われた。社会の歪みである。根本的対策が急がれるのでは……（恐怖）

## 2017年【12月】

師走だ。一年がこんなに早く過ぎるのに今更ながら寿命の短さを覚える。何をしたんだろう。思い出さない。アッーと言う間に12ヶ月過ぎている。人生とは本当に短い。

〝残された日がまだあると思うな人の命〟

おせっかいバーサンに徹している。朝の声かけ運動としてワンちゃんの散歩している人に可愛いですねと声かけると嬉しそうに挨拶が返ってくる。エレベーターに無言で乗る人に朝の挨拶をかわすとほとんどの人から返ってくる。人に対して思いやり、いたわりの気持が芽生えるのではと思ってのおせっかい。

豊洲移転日決定。得意のなんのかんのと理屈をつけて結局とどのつまりは元に戻す。2年も引き延ばして混乱させ無駄な時間と税金を投入。自己売名人気取りその結果は元に戻す。人々を翻弄した責任は重い。本人は自覚しているのか。いないだろうな。

年末になると医療費の計算をする。我ながら立派だ。一年間３万円欠けていた。喜ばしい事だ。健康で一年過せて倖せに思う。その分酒代に消えている。毎晩熱燗で相手変われど主変わらずで、美味しく酒とたわむれている。

# 平成30年／2018年

## 2018年【1月】

相撲に行った。満員御礼の垂れ幕、熱気にあふれ取組ごとに割れんばかりの拍手。ファンは相撲を好きで贔屓にしているのだ。この様子を見ると内紛は嘘みたいな光景だ。協会の内部の事など知りたくもない。知らせても欲しくない。土俵上の力士の健闘が見たいだけなのだ。ファンを悲しませないで欲しい。

最近の郵便局は横暴だ。昔の親方日の丸時と変らず、何が民営化かと思わざるを得ない。郵便物は親書云々といって規制され宅配業者が扱えず、総務省の庇護の下にサービスのイロハを忘れている。競争するなら同じ土俵で。選択は消費者がする。

遠藤が横綱を倒した。万雷の拍手、思わぬ金星。ファンとしては何よりの贈り物。華があるが弱さがあり、ここ一番の覇気が欲しい。この一番は相手があっけなく負けたので、良かったの連発の一番。

はき慣れないゴム長靴で転倒、顔面打ち眼鏡で眼のふちが紫色に、全くパンダそのもの。我ながらフキ出す。上野まで見に行かなくてもいい。一ヵ月はかかるだろう、仕方がない。恥かしながら静かに下を向いて過さなければならない。これが試練か。

電車の中で出産のニュース、おめでたい事だ。健康な母親で安産、喜ばしい事だ。批判している人は電車が遅れたとか出産間近で電車に乗るのかとか、自分勝手な事を言っているが、何で祝福できないのか。健康な子が誕生した事は本当に喜ばしい事。出もの腫れもの所カマワズなのだ。

## 2018年【2月】

霜柱がこんなに高くあがった状態は近年見た事なかった。この所の寒さは近年経験していないだけに身にこたえる。しかし霜柱が立とうが木々は確実に芽吹きが見られ驚きのなか感動。負けてはならない。出勤を勤しむ私なのです。

みにくい顔のパンダは一向に治らないのに、夕食後の歯磨きで前歯の詰めた所が取れてしまい、ふんだりけったりとはこんな事か。休日なので歯医者に連絡できず、週の前半は出張、いよいよ困った。一生一度の今までに経験した事のない我が顔、人にさらすのか。これこそ試練か。老いて恥はかきたくないものだ。

珍しく我孫子駅から朝座れた。柏に着いたら杖をついたご婦人が乗ったので急いで譲ろうとしたら、隣に座っていた女性が私が立ちますと、全く珍しい事でこんな人も居るのだと安心。ほとんどの人が全く無関心我関せずの様子を見慣れているだけに驚くが、まだ捨てたものではないかと……。

顔のキズが気になりどうにかパンダ顔治したくなってデパートの化粧品売り場に飛び込んだ。とても親切に対応されると思わず言われるままに品物購入し全く素直なもんだ。我ながら笑いがこみ上げた。

花粉症の人に車内で出会い驚く。風邪の症状で熱がある様子なので席を譲ろうと思ったら大丈夫です、花粉症ですからと言われ、こんなひどい症状になるのかと。まともに見たのは初めてなので驚いた。年を重ねた人はかからないとか。培ってきた免疫力が物を言う。年寄りも捨てたもんではないか……。

人間の脳の使い方は包丁とまな板の関係、どっちも使わないと錆びる。包丁は使わず放置しておくと錆びて使えなくなる。使い磨く事が必要。まな板は使っているうちにキズがついたりすり減る。時には削って修復する。脳も使って心を奮い立たせ心の鍛錬を。認知症を避けるための日々の暮らし方に必要。

平成 30 年／ 2018 年 1 月

## ２０１８年【３月】

毎年この時期に伺う幼稚園の校庭で遊ぶ子供達に接し元気を貰った。元気に走り廻る姿は活気に満ちて何とも微笑しく頼もしい限りだ。隣が雑木林であったのが戸建住宅が建ち、子供の声がうるさいと言われることを心配していた。将来をになう子供達、元気良く育てて欲しいものだ。

ラジオで「ヌカヅケ」と言葉聞き、何の事かと聞いていた。「ヌ」は濡れた道、「カ」は階段・段差、「ズ」は片づいていない場所など転ばない様に注意との事、成程。雪のあと濡れた舗装道路の段差で転び痛い目にあった。本物の糠床大切に手入し、これからの季節が美味しく漬かるので楽しみだ。

鶯の鳴音（なきね）が上手になった。ほんの一週間前は声の響が短かったのに、本当に日増しにうまく鳴音を響かせてくれている。桜も咲き雪柳が雪に見まごう白さで咲き誇り、木蘭も花を添えて、春は美しい。

平塚在住の菅沼さんから旬の分葱を頂き、エシャレット的にふき味噌で食べた。美味しく酒の肴に。つくる苦労を話しながら、食べるまでには手を真っ黒にしながら細い分葱を一本一本きれいにする。口に入るまでにはどんなにか愛情という手間をかけ、一層美味しくなる実感を味わった。

## 2018年【4月】

手賀沼畔　遊歩道散歩し桜の木の下歩いた。八重桜の蕾がかなり大きく見頃も近いだろう。さわやかで歩くのに好都合、桜並木の見所は多いが、時期的に一緒になってしまうので、早咲き遅咲きと分類された並木があったらもっと楽しいかな。桜も種類多く花弁が各々違うようだ。じっくり花観察してみよう。

金子兜太さん最後の9句を新聞で読み、「河より掛け声さすらいの終るその日」涙が出た。自分の老いを静かに見つめ、死への旅路を自然なりゆきに身を任せる姿に、人はこうありたい。苦痛もあがきも感じさせず見事な姿。合掌。



ウンザリ国会中継、予算委員会集中審議。テレビが入っているからか森加計問題で次から次へと野党の議員質問に立って勝ち誇り、腕組、恫喝、同じ質問の繰り返し。新鮮さはなし。ヤーさんの集りかと見違う光景、これが最高機関の集中審議かと。どうして冷静に質問ができないのか、全く喧嘩腰。この問題も大切かも知れないが、世界の変化、重要法案、国民生活に密接に関連する事柄はどうする。結局国民の名を使い与野党の内輪喧嘩、首相のおかしいのは解っている。

『文藝春秋』「病院に行かずに体と対話しよう」全く同感。人間ドックCT受けず。薬は異物と思いできる限り飲ない。自分の体に耳を傾け、健康思考にとらわれず、体を動かし良く寝て、食べたい物食べ、飲みたい酒は毎日飲み、翌日残らなければ適量と思い、一人飲みは少ない。これが私の健康法。恐いのは転倒。

## ２０１８年【５月】

相撲が始まり相変らずの人気。見ていて力が入り力士と同じ気持で思わず応援に励んでしまう。順調にすべり出した感あり。枡席で見ると迫力が違い、力士がぶつかる音も響き、歓声は怒涛の波が打ち寄せる如く割れんばかりの声援。相撲人気ますます上っている。日本人は相撲が好きなのだ。

五月病と良く耳にするが最近それが解った。それにかかっている様だ。風邪気味の様な、重苦しく朝起きるのがダルイ。初めての現象なので、戸惑いながらも日常のリズムを変えないようにと頑張って通勤している。気の持ちようかなと自分に問いかけてみれば……一種の飲み疲れで倖せでしょう。

遠藤が休場したら友人から残念でしたねと手紙を貰い、なんてやさしい人でしょう。毎日相撲を見て嘆き悲しんでいるファン心理を理解している様子。うれしかった。

## ２０１８年【６月】

万緑のなか南アルプス方面に出掛け、一面モロコシ畑いま最盛期。トウモロコシが盗難にあう被害がでて困っている農家。何ヵ月も手塩にかけ、収穫出来る様になり、出荷直前に盗まれる、サクランボも同様だと。あまりにもひどい行為に言葉を失う。

今盛りの新緑の美しい北海道に　白い花木多く目に美しい景色で天気にも恵まれ、和やかに研修を済ませた。何処に行っても変わり方が激しい。良いにつけ悪しきにつけ、変り行く日本の姿が目につく。昭和は遠くなりにけりか……。

6月も下旬に突入し早くも半年経過、とにかく早く感ずる。今月の『文藝春秋』に90歳以上の活躍している女性へのインタビューが載っていたが、個性的に生き生きと前向きに目的を持って日々の暮らし方を支えている。見事なまでの生き様。こうあるべしと感心した。生き方に対し考えさせられる所多く、健康に体、頭とも使い、社会との関り方、前向きさが大切と感じ取り、自分の出来る事から対応し、年の重ね方を大切にしたい。

イタリア・バーリ歌劇場のオペラ久しぶりに鑑賞した。値段が安いが粒揃っていてなかなか聞き応えあり堪能した。声の楽器と言うが、まさしく言い得て妙。見事なまでの声に魅了された。

平成30年／2018年6月

## ２０１８年【７月】

関東は暑い日が続いているが九州、沖縄、北海道ともに大雨に見舞われ大変な災害。毎年の様に大きな被害を受ける日本列島、ニュースを見る度に一体どうなっているのだろうと。例年にない早さの梅雨明け、と思ったら暑い所と大雨の所と二分され極端から極端である。如何にも日本の世相を現しているのでは……。

また一人昭和が消えた（7月2日、桂歌丸さん逝去）。落語大好人間には惜しい人を失い残念。寝る時子守唄がわりに落語のCDを聞き、笑う所いつも決っていて同じ所まで聞いて、よく寝ている。沢山のCDから今日はこの人と時々変え、笑いながら眠りにつく。快適で朝の目覚めもすっきりしている。

またか、自転車で歩行者にぶつかり死亡事故。しかも未成年がスマホいじりイヤホン耳に無灯火で、バス停で降りたばかりの人に衝突。転倒し頭を強く打ち亡くなられた。働き手一家の大黒柱に無残な出来事。無過失の人を死に至らしめた。横浜であった女学生と同じケース。しかも保険にも入っていなかった。

猛暑、酷暑……連日の暑さを表現する言葉が浮かばない。西の方では雨が降り続け被害も出ているが、首都圏では雨が降らず、農作物に影響。野菜が品不足で値段も上ってきた。自然に対して人間なんてちっぽけなものだ。その小さいの同士が政治だの経済だのと言って争っている。人間の性とは困ったものです。

梅干がこれ程珍重された事がかってなかった。汗をかくので塩分補給のため水と梅干をと耳にする。昔は各家庭の必需品で、みな漬けていたが、最近土用干している家庭を見受けない。そういう本人も最近は漬けていない。菅沼さんが届けてくれるのでそれを頼りにしている。梅とスイカは夏の風物であった。

## ２０１８年【８月】

台風の被害が全国的に大きく広がっている。今までに経験した事のないケースで、予報官の戸惑いが窺い知れた。今までの知り得た情報が全く通じない。予期せぬ出来事となって人々に襲いかかって居る。変り往く世の中。地球温暖化問題は決して避けて通れない。このところの自然災害は損害をもたらし、人と経済に大きく影響している。その回復力を高める、財産の損失の回復が最も大切な事である。いつ何処で何が起るか分らない時こそ、最も身近な損害保険を見直し確認すべきではないだろうか。この仕事に携って半世紀、自然災害の被害は年々大きくなる感あり。

学徒動員の映像を見た。あたら無駄に命を落した有望な若者達。どんなに無念でくやしく命を散らしたかと思うと辛く悲しい。犠牲者の影で今、平和に暮している日本人、この機にどうして戦争したのか、二度としてはいけないと、鎮魂をこめ検証する日であって欲しいものだ。幼少の頃、4歳位、学徒動員で兄を東金駅まで見送りに行った事をおぼろげながら思い出した。戦後復員したが遠い世界の人に思え、しばらくなじめなかった。その兄も90歳の坂を越せず、倒れて3日で鬼籍に入った。あまりにもあっけなく鮮やかであり見事と思える。戦争を体験した人の生き様ではなかったかと……。

今年の高校野球は100年目、記念すべき年と言われて居る通り面白かった。出場校は各県から勝ち残り出場しているだけのことあり、各々強く心懸に戦っている姿は見事までに感服した。負けた側が甲子園の砂を涙しながら袋に詰めている姿は、高校生らしくほほえましく好感を持って見ていた。

異常気象である。日中の暑さに耐えられず出掛ける事が億劫で出不精。いけないと思いつつ、友人が熱中症と間違われ、本当の所は脳梗塞だった。病院によっては熱中症が多いのですべて診断を下している様で恐ろしい。本人が再度病院に行き検査して貰い解ったと。危うく命を落すところだった。気をつけましょう!!

## 2018年【9月】

相撲が始まり国技館へ出掛けた。かなりの賑わいで老若男女特に若い女性がカメラ片手にカメラマンさながら入場する力士を撮りまくり、相撲人気に驚かされる。グッズも良く売れている様だ。初日から満員御礼の札が下り、声援の声も大きく、会場の臨場感はまた一段と違う。素晴しい。

平成も残すところ何ヵ月となった機に、今まで世話になった方、陰で支えてくれた方々の一部であるがお招きし、礼とお祝いの気持だけのささやかな催しをした。皆なごやかに思い出話など語り、もっともっと時間が欲しかった。全員に聞くことかなわず……生きている限り感謝の会、事ある毎に幅広くしたいものだ。

水戸の友人から新米が届いた。色、艶、香り、食味、美味しい。日本人にとって白飯は何物にも勝る。これまた大好物の紅鮭を貰い、新米をかみしめた。美味しいと思い食べる事が体に良いし、これこそ健康、幸福寿命が延びる事なのだ。

食欲があり食べる物美味しく、酒もすこぶるうまい。好きな相撲を観ながら大きな声で応援、これで一杯が二杯と重る。ハラハラドキドキ、好きな力士が勝てば祝杯、負ければヤケ酒、何にしても酒だけは離さない。相撲好きの呑兵衛オバサンの楽しみ方の一つです。

安部総裁が三選。圧倒的勝ち方で喜び満面。しかし鼻の下が長い。気になるところ。党の大多数の支持を受けたのだから、これからは国のため国民のため働いて貰いたいが、その前に女房の手綱はしっかり握って舵取は違わないで欲しい。

平成30年／2018年9月

常磐線内で珍しく若い女性に席を譲られて、そんな年寄りに見えたのかなと悲しくもあり、折角だからと甘えて座ったが、座心地きわめて悪く、どうして良いのか身のやり場がない気持ち。席を譲らない若者と批判していたが、実際我が身となると別だとつくづく思う。

## 2018年【10月】

大横綱輪島が亡くなり驚く。相撲好きの母が大好きで応援していた姿を想い出し、勝てば喜び負けるとシュンとなっていた。その姿はそのまま、贔屓力士に今自分がしているので何とマァ……。

茨城県生協協力会の研修旅行で諏訪へ行き大社を見学し、御柱の立派さに驚き、神無月なのにここだけは神が滞在している由。説明を聞きながら霊験あらたかと伺い、一礼しその場を離れる。

生保に携っている人達と某団体の関係で一緒する機会を得た。損保とは全く違い驚く事多く。保険の仕事をしていると保険屋と一括りにされるが良い気分になれず抵抗感がある。生保の人たちは全くその言葉通りと思い、押しの強さ、全て正反対の姿で驚きと違った意味で感心し、アアあの真似は出来ない。

毎週の様に平塚から自家製の葉物野菜が届き、大いに助かっている。新鮮で無農薬。生野菜のサラダを昼食に。ラジオで野菜は昼が良いと耳にしたので余計意にかなっていると喜んでいる。事務所の近所の親しい方々にも福分けし喜ばれ、アリガタイ!! 倖なサラメシです。

水の郷さわら方面の道の駅へ見学で出掛け、先ず驚きは駐車場が広い。売り場面積との割合から見れば車を停めるスペース広く、それだけに集客力があり、日常食生活に必要な物はほとんど揃う。新鮮な野菜、今だけの生落花生、黒枝豆、つい余分に買ってしまった。道の駅は地方の活性化の一助になると思えた。別の所で若い女性が手際良い包丁さばきでゴボウそいで居り、野菜の多い豚汁を作って居るんですと元気に答えていた。頼もしくさえ感じた。明るい太陽のもと、元気に明るくは、そばの人を自然に元気づけてくれるものだ。

## 2018年【11月】

味覚の秋、美味しい物が出てきて日に日に食欲が増し、美味しく食べ飲んでいる。長生きし物を美味しく食べられ、苦労、悩みは生きている限り付き物だが、健康で生活できれば最高の倖せ。酉の市へ出掛け来年もよろしくと願うのみ。

平成30年／2018年11月

《稀勢の里シリーズ》5編

・相撲が始まり15日間、楽しみが増え喜んでいる。今ひとつ一人横綱稀勢の里が冴えない。腰高で負け方が悪過ぎ。今場所は前評判良かったのに残念。まだ始まったばかりなのでこれから期待か。

・三ツ揃の色と柄、粋さを強調しているのかどうか、復活の時は元気の出る明るい色をつけなければ。何か歯車が合わない、名前も禾偏を取らないと大樹にならない。ガンバレ希勢の里

・稀勢の里の負け方が悪い。横綱の相撲かと危ぶむ。腰高で下半身に力が入っていない。見て居て全く頼りない。ハラハラドキドキを過ぎて何をか云わんや、ポカーンと口を開けたまま言葉が出ない。見ている人がこうなのだから、本人はもっと苦しんでいるだろう。

・場所前取材陣の問いかけに、かなりハイになり破顔し調子が良いと答えた姿を目にした時、ほんとかいね、何か心に期すものがあり割り切って引退を覚悟したのではと感じ取ったが、間違いであって欲しいと願っている。はたして如何に、

・稀勢の里4連敗でついに休場か　残念ながらワースト記録保持者となったが日本人横綱として綱を張ってくれたことは讃えたい。何となく気弱な顔と仕種が見られないのもファンとしては淋しいから引退はせず、来場所も元気を取り戻し出場を待つ。ゲン担ぎではないが名前禾偏を抜いて再出発。

呑兵衛オバサンを知っているのでボジョレーヌーボーが解禁日に届いた。うれしい。気持ちが有難い。ワイン好きと飲む楽しみが増えてこれまたうれしい。

国会の審議の様子ニュースで垣間見るが、ひど過ぎる。質問する方もまるでケンカ腰、嫌がらせ。答える方も曖昧模糊。猿カニ合戦の如きあの様子、子供達には見せたくない。蓮舫女史の質問の仕方は

まるでいじめ。野党は見苦しい、ただ存在価値を示すやり方だ。迷惑をこうむるのは国民だ。

## 2018年【12月】

紀尾井ホールで富士松鶴千代の会が催された。狭い会場なので出演者と観る人の接近感があり一体となった。ホールによってこんなにも違いがあるのかと感心し、また熱演で艶もの語りを聞くだけ涙腺がゆるみジーンとした。昔新派の芝居をよく観ていたので余計感じ方が深かった。家元は美人で語り節がうまい。聞きほれる。新内第一人者、今これだけ語れる人は少ないと思う。素人で語る資格はないが、美声と情感こもったセリフ、音曲、思わず目頭がジーンとなる。良い気分にひたったった一時でした。

ラジオで帯津先生から貝原益軒の養生訓を聞いて思わず微笑む。酒の事は飲んでも良く、好きな物を食べ、良く働き楽しく愉快に過す工夫と、その通り。食べたい物食べ、人に憚らず。言いたい事は言うべし。

間違った事柄、我は通してはいけないが、年寄りの特権、人生経験の中から知恵ある言語、行動が求められる。それに沿って日々如何に暮すか、健康の維持。周りに支えられながらの生活、生きている喜び長生の欲望、これも良しか。

平成30年／2018年12月

南青山の問題　日本人も地に落ちた。身勝手で自分が良ければ他人の事は関係ない、エゴの固まり。地価が下るとか、豊かに暮している人達の中に入っては貧乏人は付いていけず気の毒、などと差別発言する住民。自分を何様と思っているのかと、開いた口がふさがらない。久々に呆れた事柄でした。

毎年楽しみにしている里芋。厚正さんから届く。今年は不作で種芋がない位と嘆いておられたが、その中から丹精込めた作品をあんなに、有難う!! もっとも美味しくするよう料理に腕をふるいます。作る人が居て食べる人になれて倖せ。アリガトウ。

# 平成31年／令和元年／2019年

## 2019年【1月】

穏やかな新年であった。温暖な天気、しかし地震が熊本を襲い驚く。株価が下り景気の影響は大きいだろう。我々は粛々と前に進むしかない。新元号の年、良い事がある様に祈り続けなければならない。

体調くずし、今まで生きて来たなか初めての正月休み。反省と、いつまでもあると思うな健康。言葉を口に出してかみしめた。気がついて良かった、過ぎたるは及ばざるが如し。治してこれからにつなげば、結果オーライへ。半月も酒を断ったのは自分史のなかで初めて、驚き桃の木何とかやら。年末年始と全く酒を口にしなかった。年末に2回も転倒し反省と後悔、2度あることは3度、命にかかわってはと、リセットする良い機会と断ってみた。辛くなく自然体で治せて我ながらまだ見込ありかと。あやまちちょっぴり覚った正月でした。

寒中見舞い出し、転倒し顔打った報告。心配して電話や葉書で見舞され恐縮の限り。ケガはたいした事なかったが正月中から16日間酒を断った。我ながら驚き他の人達も驚いた。やめる事出来ると解ったのが収穫、悪い事ばかりではない。時には反省し振り返る必要性感じた。

相撲が始まり初日、茨城の友人と、勇姿を観るのはこれが最後かもと観戦した。稀勢の里コール沸きやまない。惜しくも負け、会場が静まりかえる。こんな光景はあまり経験できない。期待の大きさは懸賞の多さでも解った。何日横綱を張れるか不安要素ばかり。腰が上り勝負にならない。

ついに稀勢の里引退決意。3日も負け続けこれでいいのかとの思いはあり続けた。観ているファンがいくら応援しても勝負を挑むのは力士。放送でも解説でも悲痛の叫びに聞え、本人のプレッシャーは並大抵ではなかっただろう。結果云々の前に、今まで楽しませてくれてありがとう。ご苦労様。久々に日本人横綱を張ってくれた。例えワーストであろうと待望を果たした事には違いがない。後進の指導にあたり、長く力士生活を送った経験からも、相撲道精進し、親方生活で再び花を咲かせて欲しい。

転倒もたいした事なきを得たが、いい事ばかりではない。こんな所でツケがまわった。愛用の眼鏡の留め金がくるっていたのに気づき修理に持って行った所驚かれてしまったが、さすが技術、元通りになった。つくづく近所のつきあいが必要。買った所がデパートなどでは、すぐ飛んで行く気にはならないからだ。

片男波部屋48年振り玉鷲34歳優勝。目にうっすらと一筋涙途切れることなく、何度も顔を拭いたあの表情、遅咲きといえども夢が叶い努力そのもの。見事な優勝。

寒い寒いとボヤいているうちに睦月も終わり、節分豆まき立春、如月は短く梅が咲いたか桜はまだかと弥生は過ぎ卯月、入学入社と皐月となり新天皇新元号GW過ぎ水無月、梅雨だ暑くて文月に、花火盆踊りと葉月、台風のうわさで長月に、秋の旅行神無月、文化感謝の霜月で、歳末助け合いの師走。一年は早い。ときめきがないから月日が早く感ずると言うが、一年通じトキメキは一杯あり、やり残しのない様にと忙しくしているのに早い。はてそれは何だろう。それもこれも老化か。

## 2019年【2月】

野田市幼児虐待事件　我が子に対し食事も満足に与えず、両親の共謀の結果、無残にも頑是無い命を失う。こんな事が起るのかと驚き、言葉を失った。世もおしまいかと。幼児は天使だと言って愛し育てられた。優しく育てられたから人に対しても優しく接する事が出来るのである。いざという時、親は身を挺して子供をかばい救い助けてくれた。その庇護の下成長したと思っている。私が育った頃父親は、寡黙だが威厳があり、絶大な信頼を持っていた。母は優しく、躾は厳しく恐い位だが愛があった。今の家族は友達の関係に思える。それはそれで解るが、事件が起ると何か変だと。

ケガの事案じてくれて居り感謝。気づかってくれる人が居るだけで倖せ。「健康第一で行きましょう」と書かれて居り正しくその通り。健康は何物にも勝る財産だと思っている。親によって命を失う子の居る中で、健康な体に生んでくれた両親にひたすら感謝できる倖せ。

ネット動画問題炎上、若者の悪ふざけ。やってはならない事の分別がつかず、単なる悪戯では済されない。品物求める利用者の不安、経営側にとっても痛手、多大の損失を蒙る犯罪である。何等かの処置は取られると思うが、社会に困惑を与える罪は重くてしかるべき。

天皇陛下御在位30周年記念式典　象徴天皇として常に国民の安寧を願い、戦争のなかった平和な日本、しかし自然災害が多く、心を痛めて災害地見舞われて居るお姿を映像で拝見し、被災地ではどんなに心強く、救われたでしょう。万歳三唱を聞くと自然に涙が出て、やはり日本に生れて良かった。万感胸に迫った。

## ２０１９年【３月】

ゴーン会長保釈と新聞に写真入り。お笑い芸人の変装かと疑った姿。全面無罪を主張するなら堂々と背広を着て弁護団と姿を見せたら。真実は間違いないと感じられるが三文役者の変装では何なのよ。言っている事、俄には信じられない。

相撲が始まった。初日は力士も緊張するだろうが、見ているファンとしても心踊り、ひいきにする力士の調子はどうかと一喜一憂、見ていて力が入る。幕下に落ちて苦労し努力の結果立上ってくる姿、しかしケガ多い、体格も大きくなっているのでと思うが、相撲人生を失わないよう願うのみ。

江戸食文化の会、外苑前「ＡＣＱＵＡ　ＰＡＺＺＡ」で催され、座長である小松さんが資料取揃え鯨の話。ＩＷＣ脱退の事、森、川、海と人、陸、総合的観点で海洋生態系の重要性について語った。四方海に囲まれている日本、自然と人間の共有性、生態系を考え、良い方向維持して行く事ではじめて人間の生き暮し方が望めるのだと。学び理解でき、時にはこんな学びの場を得られる喜びを覚えた。店の名前は「狂った水」という意味で、ダイナミックななか得（え）も言われない繊細な味。美味しいと頷き、次はババ連で食べに行こう。

平成最後の相撲はドラマがあり、見ごたえもあった。横綱同士の取組は見事な闘いで、観ている方も力が入った。大関昇る人、降りる人、明暗入れ替え戦。力の差は歴然として居り、この世界は勝たねば、取口うまくても綺麗で人気があっても何の意味もないのだ。勝ち進んで地位を勝ち取る実力の世界なのだ。

平成 31 年／令和元年／ 2019 年 3 月

貴景勝　大関となる。平成最後の年に誕生、新元号の五月場所が楽しく待たれる。難しい四字熟語使わず武士道精神で精進します、幼い頃から築いた言葉「栴檀は双葉より」感謝の気持と思いやり、今時の若者が全く失った精神。頼もしい大関誕生で相撲が面白くなる。

『日経新聞』３月26日〈複眼〉「魚を守り食べ続けるには」。魚の価格高騰は世界的に広がって居り、魚の争奪戦がはげしくなっていると聞く。何の手当てもなく虚しく過している日本、資源保護管理を抜本的改革をとずっと言い続けている。小松正之氏の意見に賛同し、三者の説に成程とうなずく点多し。

## 2019年【4月】

新元号公布　5月1日施行される。「令和」とは諸手をあげて喜べないが、改元されたのだから我国の安寧と倖せを、自然災害など少ない事など心から祈念したい。

平成も終りか、残すところわずかに。想いおこせば様々の事柄が走馬灯の如く浮ぶ。災害多く戦争はなかったが、人命は災害で多くを失い未だ復興最中、仮設住宅など不自由な暮しが続き、お気の毒という言葉しかない。令和を迎えるにあたり、新天皇と日本国が平和で安寧に過すこと祈念したい。

平成最後の給料日。多くの新社会人が初めての月給受取る日。銀行が混んで居り、待っている間スマホに夢中の人が呼ばれてもなかなか気付かず窓口に行かない。どんどん混雑して窓口の人が気の毒。順番待っている人も迷惑。時と場所を考えて対応して貰いたい。如何に自分勝手が多いことか。

ゴールデンウィーク　こんな長い休日は経験した事がない。ウキウキ一気に片づけしたい。初日は掛川まで出掛け、あとは今まで出来なかった、いや、しなかった事を片づけしようと張り切っている。

日頃出掛けているので家に居る事ウレシイ!! 読みたい本積んである。

## 2019年【5月】

縄文と猫の手の集まりが掛川の山中であり、鼓と琵琶のコラボ演奏を堪能した。柿と茶の産地として名高い所で、山菜竹の子ワラビつみなど体験があり、広い宅地の中、新緑の木もれ陽も吹く風もさわやか。自然環境に恵まれた地域も人口減。空家問題、後継者不足、地方はいずこも同じだと感じた。山菜取りに山に登り、また竹の子林にもぐり掘り当てる面白さ、子供に帰った我が姿に微笑みいとおしさを覚えた。陽の高いうちから片手にビール、都会から物珍しく参加した。緑が美しい吹く風がさわやかと言葉にするが、現状は深刻だ。住んでいる人の現状を考えねばいけない。

森山川、山間地自然に恵まれた土地。こんな静で藤の花新緑の中に楚々と咲きつつも生命の息吹。だが環境は著しく変っている。下刈されない林、伸び放題の竹藪、茶畑、柿畑、年々荒れて行くと後継者が無く、全く残念である。

都会から来て住み着く人も居るという。古民家を改造し、内装も古きを生かしモダンに。快適な暮しをしている若い方の所に泊めて頂き感動した。都会の雑踏を離れ、生命の息吹を感じつつも、大きな問題を抱えている現状を目にした。

猫の手クラブと言ってボランティアで手伝い、生き生きと若者より力強く活躍している方達の姿。

元気な高齢者、人のため世のために活躍している人達に拍手を送りたい。

サントリーホールに五嶋みどりヴァイオリン演奏を聞きに行く。小柄なのに力強い音色。吸い込まれる気分で聞きほれた。素晴らしいの一言。エストニアフェスティバル管弦楽団の見事な演奏を聞き、連休の素晴しさを平成最後の日、良き記念となった。

改元がお祝いムード、喜ばしい事だ。上皇様の退位により新天皇即位で令和時代の幕が開けた。憲政史上初となった譲位関連の儀式、テレビで観て古式豊かな日本、この国に生れて良かったと思いを深くした。

神田祭は心ウキウキ楽しい。軒先に提灯が下り町内が一体となって準備態勢をととのえ、見事なまでの統率。各町内によって半纏の色が違い、神輿も各々特徴があり大きさも違う。日本三大祭の一つ、やってきました天下祭、多町二丁目茶色の半纏。なかなか粋である。

大相撲初日国技館は熱気に満ちて居り、飲みながら声援贔屓力士連呼。今場所は貴景勝の刺激か若手の目の色が違っている様に思えた。生々と勝負に挑む取組を観ていて、ケガなくと活躍を祈る気持。初日遠藤はあっけなく負けた。

夕方早い時間帯、車内で中学生が大きな鞄を縦に置き、通る人に迷惑かけているのにスマホに夢中我関せず。思わず注意したがスマホから目離さず頭だけウンウンで少し荷物引き寄せただけ。何たる無礼の輩、こんな子が増えている。今に見ろ、目は悪くするし姿勢が悪く足腰が痛くなるぞと心の中で毒づいていた。

なに、これ。新聞に女性課長「男勝り」の優秀の人と発言した教育長にセクハラではないかとの意見が出たと。何処がと疑問に思った。今や日本語が乱れて褒め言葉も小学校長会でさえ意味を解していない。この現状ではどうなる日本語。全く唇寒しか。

平成31年／令和元年／2019年5月

相撲終ってみれば朝乃山優勝。トランプ大統領観戦、初めてのアメリカ合衆国大統領杯受け、何よりも名誉であり本人が驚いている事と思う。物々しい警備、あんなにすごいとは。初日に座った席の変り様に、これまた驚き椅子になったら座るのに楽だろうなあ……。千秋楽の解説者　北の富士さんの着物姿良くお似合いで、トランプに見せたい位。並んで立っても決してヒケを取らないだろうな。日本男子として決して見劣りはしないと思う。むしろ親方のほうが男前だから勝ります。

トランプ夫妻皇居訪問。天皇と会見、その場で夫人が足を組んでいた。日本人には考えられない無礼だ。ファーストレディのする姿か。やはり伝統文化のない国アメリカ、日本人には考えられない。日本のファーストレディはもっとお洒落して欲しい。暗い色合いでまるで普段着家庭着そのままに見えたし感じた。外国からのお客様をお招きし、日本女性代表して歓迎の席に臨んでいる事を念頭において、それなりの姿形を望みたいと国民の声でした。

## 2019年【6月】

衝撃的な熊沢事件　まさか。ラジオのニュース聞いて信じられなかった。やむにやまれない余程の事がない限りこんな事件は起さないはず。常に冷静沈着で軽挙妄動に走る人でない事は現役当時の働き方、物の見方、人との接し方で良く解った。存じ上げていただけに驚きと気の毒で胸がつまる。

研修で熊本に出掛け　熊本城災害の爪跡、復興工事中見学。気の遠くなる様な状況を目の当たりにし、地震の恐ろしさ実感。清正公の時代積上げた石垣はくずれず、途中に工事されたところが崩落、当時の工事の見事さ、感心の極だった。

本業の世界では足を掬われたりドブに突き落とされたり、その度に何クソと這い上がる、この状況は一生ついてくる。現に今、45年も頑張った世界で、鯨の如き大口をあけた猛魚に飲み込まれようとし、バタバタもがいている。ゴマメの歯ぎしりに過ぎないが、小粒でも意地がある。ピノキオではないが鯨の腹の中を小針で刺したいものだ。

大好物の桃、ネクタリンの時機到来と喜んでいたら、毎年頼んでいるところから連絡があり、山梨東部全域で雹が降り甚大な被害で、丹精を込めて育ててきた果実が傷ついてしまい贈答品にならない、味は変らないのですが……と悲痛なお知らせが。驚きと気毒さに、かまいません、その旨連絡しますからお送り下さいと答えた。自然の恐さなのだ。フルーツ丹沢さん、頑張って!!

## 2019年【7月】

九州で雨被害　心配していた事が今年もかと。被害にあわれた方々に心よりお見舞申し上げます。自然災害といえ治水、山、森、川へ流れの関係、根本的に日本国土を見直す時期に来ているのではなかろうか。コンクリート化された用水路、大型化した農地で治水路が埋め尽くされた。見た目は整然としているが、実態は自然に逆らった整備事業と思える。

相撲が7日初日、楽しみができた。勝った負けたと一喜一憂、ファンとは可愛いものだ。今場所は貴景勝が心配だ。ぶっつけ出場とか。前頭筆頭、朝乃山がどうなるか、東西新小結、阿炎・竜電は。遠藤よ、ガンバッテー、男ぶりの良さに強さが加ったら素晴らしいの一言なのに……力士は勝ってナンボ。

参議院選挙の公示。盛り上りに欠ける、ああ始まったか。口角泡をとばしがなりたてる選挙カー、うるさいだけ。期間中耳栓をしてひたすら通り過ぎるのを待つ。都内は選挙区が違い投票権がない。耳ざわりの良い言動に惑わされる事ない様にと心に決めている。

日経調の国際シンポジウムに出掛けた。水産行政に詳しいとか何でもない素人の一市民として参加しての素朴な感想。「海洋生物は国民の共有の財産である」と銘を打ち、漁業の衰退・担い手の減少、資源の枯渇、水産国日本の衰退は著しく改革が急がれる。漁業と水産業の成長と活力を取り戻すための、水産物の流通加工などあらゆる面の提言がされているが、確かにもっともな話と結論づけられ終わらない事を願う。利益誘導が優先の社会、国を想い、海洋環境の保護、水産資源の構造改革は有識者にやらせておけば良いだけでは済まされない危機的状況に思えた。現に九十九里の友人から、魚がとれなくて送れないと電話があった。国をあげて議論し改革を急ぐ必要さを感じた。消費の問題でチェーンスーパー役員のパネリストの意見、魚は骨があり調理が面倒だから食べなくなった、袋詰にし加工し食卓にすぐ出せる云々。魚の食べ方を教えるのも家庭教育であり、調理された物ばかり食しているあまり味覚バカが多くなり、魚の本当の味が失われている。

納豆の日　7月10日「なっとう」の語呂合わせから制定。煮た大豆に納豆菌で発酵させた、今や発酵食品の大ブーム、様々な食品があり美味しい物が多い。日本人にとってヌカ漬は最たるもの。新鮮な野菜が豊富に出廻りヌカ漬を楽しむ。ヌカ子ちゃんと呼んで毎日手入しきわめて仲良である。実に美味しい自慢の一品。

選挙が終り投票率の低さ目にあまる現状。特に若者。一票の重さ、大切さをどう考えているのか。只今現在良ければそれで良い、スマホに依存していられれば、情報早くＳＮＳで投稿すればすぐ反応がありそれで面白くおかしく暮せる。刹那的な感覚で将来より只今だ、選挙なんか関係ナシか。抜本的教育改革を。

## ２０１９年【８月】

物の整理とはこんなにも大変で、やればやる程あれもやりたいといろいろあるが、思う様運ばない。捨てるにもまた未練があり、思った程捨て切れない。かなり割切った性格と思って居たが、思いの他執着心があり我ながら驚き、こんなはずではなかったと。物増やした責任は誰が取るのか反省しきり。後悔先に立たずとは良く言ったものだ。

立秋である。例年にない暑さでエアコンの休む間がない程。来る秋の実感がわかないが、涼風至る秋到来の予感。早米地帯は稲刈りが始まり、まもなく新米の声を耳にする。まさしく行き合い頬に伝る。秋の気配を知る頃はいつかな、待遠しい。台風北九州へ上陸、正さに秋か。

早起きし豊洲市場内大和へすしを食べに行ってきた。新鮮なネタで季節の魚はうまい。美味しい物を食べると満足感で暑さなんかに負けるものかと意気込み。少しだけだが市場内を見学。ターレが走り忙しく働いている。温度も快適とのこと。しかし客数が少なく商売としては。

親戚から情報が入る。お盆とか正月でないとなかなか耳に入らない事多いが、こんな時こそ身内など連絡とるのも供養かな。物の処分に困った話が多く、次は我身かなと。如何に身軽にシンプルに暮らすかが大問題であり課題だ。身近なものはモッタイナイと思わず高価な物から使い切り、着古す。

手賀沼にコブ白鳥が増え続け稲穂食い荒らし農家が被害を受けていると放映された。沼を目下から見ていると白鳥はのどかで優雅な姿だし害鳥とは思えないのに、農家にとっては死活問題だ。可愛いと餌やりなどしている住民も冷静に情勢を見極めべきだ。

昭和一桁の人は物を捨てないと愚痴を耳にした。戦争体験し物の無い時代、育ち盛りに不自由な暮しを余儀なくされ、捨てることとモッタイナイにつながっている。人によるが大半はそうではなかろうか。今の何でも手に入る、時代の変わり方だが、幼少時の体験、三つ子の魂百まで、一種の癖か。

九州北部で大雨災害にみまわれる　今年は災害もなく夏が終るのかと思いきや、自然の恐さ、全く気の毒で水につかっている様子の家屋を映像で見て、家もしかり、畑作、稲は、と思うと残念としか言いようがない。災害にあわれた方、心からお見舞申し上げます。

## ２０１９年【９月】

立って仕事する職場が増えてきたと聞く。座っている時間を短くと。そこで休日我家で読書を立ってする様に模様変えし立読にし、これが快適で姿勢も良く足の鍛錬にもなり、足腰のために先ずは良かった。

誕生日とは複雑である。一つ年を重るのかと、残された人生如何に過し生きるか問われる日でもある。いくつになってもオメデトウと好物の品のプレゼントは、これはまたこれで嬉しい。アリガトウと言って破顔、単純。まるで童女の様だ。

消費税上がるのに一ヵ月を切り、やはり高額商品などに駆け込み需要が多い様だ。そういう我家もセパレート式冷暖房器をこの際入れ替えようと注文したがなかなか見積が来ない。考えている事は同じか、たかが２％、されど支払が多くなると思うと駆け込みたくもなる。浅ましい限り。

台風15号、千葉へ上陸。風の強さにおびえ2階では恐くて寝られず起き出し、1階の居間で本を読んで夜の明けるのを待った。被害なくホッとしたのもつかの間、状況が解るにしたがい南方面はかなりの被害の様子。心が痛む。停電にともない不自由な暮しを強いられている方達。気毒にと思うが何も手助が出来ず無力を思い知る。県として危機的状況の判断が遅い様に思われた。電話も通じず、固定電話が少なくなっているので携帯は電源の問題。千葉は災害見舞われるケース少ないだけにこんな時は困ってしまうようだ。生活が便利になり電気のない暮しなんて日頃考えても見ない。田舎では各家に井戸があり水は潤沢であった。蛇口をひねれば水が出る便利さに慣れ暮しているが停電になると水も出なくなる。いざという時のため日頃から水と食料の備蓄は取り揃えなければ。更に強く感じた。

農業被害はかなり多く、野菜も果物も米も収穫目の前にしての被害、生産者は無念であろう。時間を掛け丹精こめ育てきた品々の無残な姿、言葉を失う。気持を何処へも持って行き場がない。自然災害の無情。救える対策はないだろうか。

本日の天気の様に気持ちがさわやかである。朝、山手線で隣の女性が自分の前の席をゆずってくれた。一回はお断りしたが、下車駅が同じという事で座った。下車時その女性が網棚においた鞄を降ろし手渡してくれ、今までにこんな事全くなかったので思わずアリガトウ。若く美しい心づかいに嬉しく気分が弾んだ。

九十九里の友人に被害の様子と思い電話した所、入院していたご主人が10日に亡くなった事を聞き驚く。停電がかなりの原因の様子。あまりの気毒さから詳しく聞くことは避けたが、こんな身近で災害の恐ろしさを知った。合掌

## ２０１９年【10月】

温暖化のせいで、季節の変り秋の訪れを告げる草木もかなり遅く咲く、いま彼岸花。真っ赤な華が列をなし近くの神田公園で咲きほこっている。木犀はまだ咲かない。植木屋さんが入り手入しきれいに切り揃えたので、この秋は馥郁の香りは無理かな。

10月1日は衣替。暑いのに男性はネクタイを締める。9月をもってクールビズは終りとか。ラフなスタイルを見ていたので年間を通じてワイシャツの襟首を開けたままで良いのではと思ってきた。消費税アップ、前日業務スーパーは買い物客でごった返していたが、一夜明けると静かさを取戻していた。

千葉災害についてテレビで語られているが、損害保険の知識がなさ過ぎ。決して宣伝ではなく火災保険の内容を語って欲しい。直接的生活支援資金になるのである。自分では想定できないような事の時のために、生きている間万が一の時に役立ち活用できるのが損害保険である。火災保険は建物と家財とは別に加入しないと家財道具は対象外となる。建物に加入していれば家一軒すべて保証されると思っている人がいるようだが、それぞれに加入しなければならない。

台風接近の予報、かなり大きいとの事。最近ますます自然災害が多くまた大きい。10月に入っても暑さがきびしく衣替とはとうてい思えない気温の高さである。これでは発達し強大な台風と化するだろう。心配である。年々台風が大型化している。

新米でTKG、卵かけご飯。大好物の一つである。卵、のり、ヌカ漬け、塩鮭、味噌汁。定番の朝食。ご飯を食べ始めからずっと続き全くあきない。長い年月の間には趣向も変り、その年代に好んだ物食していたが、未だTKGは相変らず好きであり、落着き、喜び安心できる。

自然災害の恐しさ。堤防決壊により浸水被害の大きさに驚きと、目を被うような状況に言葉を失う。一年かけて丹精をこめた米、果物。『日経』の春秋「水の管理が重視し利水治水に努め人と水のえにし」水源の森から川下まで、いえにしが生んだ発想を今いかす時。全くその通り。刈入れが終われば田圃に水をため、木は水をため、治水の流れに自然循環していたのに、土地改良などで大型化され治水は埋立され、山は開発、針葉樹が植えられ、護岸はコンクリート化され、自然破壊が起り一種の人的被害でもある様に思えて仕方がない。

## ２０１９年【11月】

消費税が上った事を機に値上りが多く目立つ。諸々管理費、家賃、墓の清掃料金と、思わぬところで。コンビニ等の食品のカード還元など、ウタイ文句は目立つが、陰にかくれた所のものが便乗値上げ、えーこれもと言ったものが。30~40年デフレの世の中、しかし特に不審に思える電話料金、電気ガス、生活に直結している所が気がつかないうちに上っているように思う。

市役所から電話が来たので振込詐欺かと一瞬かまえたが、女性の親切な声で見廻りで伺いたいとのこと。仕事してますからご心配なく、必要の時はお知らせしますとお断りした。自治体も大変だ。今では身内より公の機関の方が親切な世の中なのか。いつの世も自己責任は持つべきで、それを忘れてはいけない。

相撲初日、遠藤良い勝ち方で取口は上手い。何となく一皮むけた様な精悍な感じがした。もっと上を目指してファンを喜ばして欲しい。ケガない場所である事を祈り、これから活躍を期待したい。

即位国事行為全て終了　パレードに大勢の人達が日の丸片手に祝賀御列の儀参加し祝福。感極まり雅子皇后の目元に手が。奥ゆかしく国民に近づいている姿に日本人としてこのうえなく祝福し平和と安寧を祈った。

夜帰る車中、重い荷物背負って乗り込んだ。混んでおり、スマホ片手の人が突っ張って立ち動かないので背の荷物を網棚に上げるのに苦心していたら、横からスーと手が伸び持上げてくれた若いカップル。二人とも明るく、今時の自分だけがなく、こんな若者も居るんだ捨てたもんではないなあと思った夜でした。

平成31年／令和元年／2019年11月

忘年会の声がかかりあわてる。そんな時季になったかと。暮が近づくと何かと忙しく気持が急かされる。毎年同じ様に過してきたのになぜか、アレもコレもと片をつけたくなる。人の心理か。いつもの月と変りなく暮そうと思いつつも忌中葉書が届くと一入身(ひとしお)につまされる。

最長政権　権力の座につくと辞めなくなるのが人情。今様にSNSやTwitterで若者の支持層を上げていると。毎日同じ顔を見せられるとアキル。かなりあきてきた。支持云々の前にアキタ。見たくない。長期政権はいい面もあるが弊害も多くなる。真摯さが消え、この場のがれれば何とかなるでは困ったものだ。

来年の手帳買う。毎年同じ型の物なので使い勝手が良く、かなり細めにメモを書き込む。重要な箇所に赤線を引いたりする。スマホですべてまかなうと言う人が多い様だが、使い慣れている型はくずしたくないから続けている。そんな細かい字で読めますねと人に言われるが、自分で書いた物だけになんでもなく使いこなしている。残すところ5枚書き綴れば新年なのだ。なんと早い事か。

今年は転ばずにすむかと思っていたら、朝急いで電車に乗ろうとして下り階段で6～7段ゴロゴロ転がり落ち珍芸を披露してしまった。左半身腕と足に擦過傷、打撲もあり、神田の事務所近くの薬局にとび込み鎮痛消炎剤を貼り事なきことを祈った。主治医に、急がない慌てないことを諭されているのに、日頃元気で速足で歩く習慣がついているので、あと何分あるので電車に乗れる、飛び乗る悪い癖。

ついに来る時がきた。若くないんだから、そんなに急がずゆったり行動したいものだ。ハンセイ！反省するだけなら猿だって出来ます。人間ダカラ。

## 2019年【12月】

マリンスキーオペラ「スペードの女王」と「マゼッパ」ワレリー・ゲルギェフ指揮　管弦楽団・合唱団。歌声、演技力と共に久し振りに新たな感動を覚えた。

駅のトイレが何処でもきれいで大変有難い。こんな国は世界でないだろう。時間で掃除してくれる人が居り使用者側は本当に助かる。見ているときれいなのが当たり前で当然の様に使っている人が多いように思う。清掃してくれる人にアリガトウの挨拶をすべきではないか。

電車の中で席をゆずられる機会が多くなり面映いが、老いを受入れてアリガトウと言って座る。外人女性とハンサム若い男性にドウゾと言われた回数が多くウレシイ。車内に入ったら若くハンサムな男性の近くに立つことに決めた。二匹目のドジョウは居るかな？

一人でなじみの店で、ちょい飲みがまた面白く飲み過ぎる。廻りが初対面でも面白おかしくつきあってくれる。時には深刻な言語が飛ぶが、それなりに面白い。全く違った世界の人達と交わる面白さ、ここにあり。自分で会得できなかった世界。飲む雰囲気は一人飲みでは味わえない、得も知れない倖せ。認知症予防のためには好奇心旺盛に新しい店を開拓する方が良いと聞くがどうも苦手。一番好な店は老舗のふぐ屋、満寿屋。気軽に立寄ってチョイ飲み、季節の肴でこれが堪らない至福。教養人の女将さんと話すのが何よりも良い。会話が一品の料理。客層も良く酒の効用で刺激をうけ、ほど良い高揚感で帰宅。

すぐそばで身近で増えている。保険金が使えるといった巧妙な手口話術で、自然災害のあと古くなった所も台風のせいにして保険金請求しましょうと勧誘する業者が増えている。甘い話、保険金支払われるように被害診断をして保険金請求手続きを代行するという勧誘には、くれぐれもご注意。契約前に加入先の損害保険会社または代理店に必ず相談して下さい。悪知恵の詐欺師は世の中から排除しましょう。

詐欺にあった人達が多い年だった。振り込め詐欺、騙し取られたキャッシュカードによる被害金にまつわる事件、交通事故、殺人事件、物騒なニュースが連日報道され、日本人も落ちるところまで落ちたかと痛感した年。

歯で始まり歯で終った年。こんな時、歯の根を抜いた痛み止と抗生剤を貰ったが、痛み止め使用せず、抗生剤3日分飲み切ってくださいと言われたが、翌日には何でもなく通常の生活ができているのに薬を飲むのかと思案している。薬は異物と思っている。自然治癒力を信じている。何が何だかわからない。

# 令和2年／2020年

## 2020年【1月】

今年は正月休みが長かったせいかも知れないが、仕事始め晴着を着ている人皆無、年々おしゃれしている人見なくなった。全くの普段着、部屋着と見間違う服装が老若共。これも働き方改革の一環なのか、けじめも締りもなく一抹の淋しさを感ずる。世の中の変化なのか。

箱入り娘は深窓のお嬢さんと理解できるが、箱入り爺さん逃走劇。世界をまたにかけ日本も地に下った。一回目の変装は失敗したが、二回目はおこたりなく用意され出奔、それにかけた金の出所は如何に。多くの日本人が苦しみを受けた、決してその事は忘れてはいけない。



大寒だと言うのに4月頃の陽気の暖かさ。温暖化進み暖かな日。寒い時期にはそれなりでないと、このままでは色々な物に悪影響を及ぼすだろう。昔から寒に漬け込んだ物はカビないと言われ、味噌などは各家庭でオリジナルの物を造ったのだ。寒仕込という言葉が消える日も近いだろう。

新型コロナウイルス　国内に於いても感染確認された。中国からも観光客が大挙しているだけに、人から人へと感染は恐ろしい。情報が入らない発表しないお国柄中国ゆえ、我国としてこの程度の対策では心もとない。終結には6ヶ月以上かかると言われている。オリンピックは大丈夫なのか。恐い話。

## 2020年【2月】

通勤電車内スマホとマスクをしている人が同じ位の割合。マスクが何処にもない現状、マスクをかける事が苦手でつけた事がないだけに当然持ち合わせがない。今更と思い成り行きまかせ。対応出来る体力が物を言う。良く食べて寝て、働く。昔から早寝早起は健康の基。暮しのリズムが大切。

仕事で水戸に出掛け、名物のアンコウの肝食し美味しかった。昨年食べ病みつきになり、美味しい物は東京の市場と言われているが、現地で食べるうまさはまた格別。冬ならでは何といってもふぐの白子焼。アンコウの肝は美味しい。

茨城の友人から銘物の干燥イモが届き喜んで食した。甘くフワフワ感があり実に美味しい。これまでの物とは食感が違う。白粉がふいた物は売れないと聞いた。見映も色も味も消費者の嗜好が変ってきたようだ。茨城では原料の薩摩芋盗難があり生産者の嘆きも大きいとか。丹精込め育てた品を盗むとは許せない。

令和２年／2020年２月

ウイルス問題ますます恐しくなってきた。一体どうなる日本。先の見えない状態、ただ恐いと目に見えない闇におびえている。マスクが市場から消えている。めったやたらにと言ったらお叱りを受けるが、この程度の防御で病原菌が防げるか疑問である。

マスクがないと言ったらストックを持っているからと届けてくれた。持つべきは友なり。有り難い話。常に心配してくれる友人が周りに居てくれる。遠くの親戚より近くの他人と良く言ったものだ。姉兄は多かったが末子だったので今では一人欠け二人欠けでいなくなって居る。仕方ない思いはあるが淋しくはなし。孤独感もない。

ラジオで帯津先生の話が実に面白く豪快で爽やかで痛快で頼もしく聞き惚れ納得。その通りと思わず相槌を打ってしまう。健康診断の結果知らせなくていいですよと言い続けている。なによりも成すがまま自然体で素直に生きている。健康で元気に暮せる倖せがアリガタイ。

前から約束していた集りがあり、会場ではキャンセルが続出で辛いと嘆き節を聞かされ、気の毒に思ったが、ただ新コロの終末を祈る気持。一人一人が自分の身を守る事を努力しつつ、極度な過剰反応せず、自己責任で行きたいものだ。

## 2020年【3月】

学校が休校となった。突然とは言え準備できない、子供を家においておけない云々と文句の連発。非常事態の時、辛抱するとか我慢する工夫、協力する、思いやる、そんな心根がなく困るの一点張り、自己チュウだ。賃金が下る、暮していけない、国が補償するのが当然、声高主張。日本人はこんな国民だったのかと。

マスクをすると息苦しく眼鏡も曇るし、揚句かえって咳き込むのだが、かけないと犯罪者の如く皆の視線を感じ、身近な人達がマスクをすすめるので掛けたが苦しい。やはりマスクは防備具として必要でしょうか。苦しんでいる人がここに居ます、変な目で見ないで欲しい。

啓蟄　冬眠から目覚めた虫や動物が土から出てくる頃。今年は桜の開花も早い様だ。陽気に誘われ外に出たくなるのに、出来るだけ人の集る所は避けてと。皮肉にもコロナウイルスに出鼻くじかれた。静かに自宅待機しよう。

このところ時差通勤テレワークとか様々な日々で、日増しに人と連絡が取れにくくなった。新コロで人々の生活が脅かされ不安な日々が続いている。その影響で夕方も早く帰る。雨が降ったので駅前からタクシーを利用。「どうしたんですか、こんなに早くしかも飲んでなくて」——長い事仕事していて、帰りにこんなに早く車に乗せたのは初めてですと冗談言われ面映い一場面を経験。如何に不良老婆か思い知らされた。

新コロついにパンデミックに。恐しい事である。桜の開花が告げられる日に何と皮肉な。花見も自粛、人の集る所は寄りつかない事が賢明だ。何となく寄り道せず素直なもので家路に着く。早めの帰宅なので朝も早い時間帯にし、時差通勤にした。

友人のお孫チャンから贈り物がホワイトデーに届き、祖父がお世話になりますと記されて居り感動。家族に恵まれ今時珍しい光景に人の生き様を知った。基礎は家庭教育だ。各家庭で培ってきたものが消え失せ甘かし、優劣の格差がはっきりしてきている。

彼岸なので墓詣りと思っていたら、墓の管理会社からコロナウイルス感染防止、人混みを避けるこの状況なので、墓所への供花代行サービスをいたしますとの案内を頂き早速依頼した。細かなサービスに驚きと便利さを感じたが、自身での墓詣りはまた別のもので、代行依頼は恐らく今回限りだろう。

ウイルス感染でマスクの群は人の群。乗物、街歩きでもマスク姿が普通。マスクをかけていない人に出会うのが珍しい。要は免疫力があれば感染しないと思っている。バランス良い食事、睡眠が大切と、スマホ、テレビなどは夜遅くまでは見ない。チャンス到来とばかり早寝早起を励行している。

令和２年／2020年３月

大関朝乃山誕生。順調にわずか3場所、新三役から大関に。変化して勝ってもうれしくない、常に真向勝負で臨みたいと頼もしく言い切り。相撲を愛し力士として正義全うし一生懸命努力する。好感度抜群の大関誕生。久々にうれしいニュース。

## 2020年【4月】

新年度が始まった。コロナ問題で転出入の挨拶廻りは無い職場が多いそうだ。それはそれで納得。普段よりは電話が少ない、余程の用事がないと来客も少なくなっている。今が辛抱のしどき。皆が心して終息のため耐え努力の時でもある。不要不急の心構えが試される。

ついに緊急事態宣言が。右往左往しながら散々の事柄2枚のガーゼマスク、笑うに笑えないが、先ずはウイルス抑え込むことが必要で、経済の打撃、社会の疲弊は計り知れないものがあるが、皆でウイルスとの戦いの時である。

コロナで自宅に閉じこもり、それなりに有効な時間を費やして楽しみを見つけた。時間が出来たらと思っていたので読書に。今までこんな時間がなく暮してきた。全く外出せず一歩も外に出ない日が何日もある。運動は家の中の掃除。思い切って断捨離、捨てる。さっぱりして気分爽快、こんな日があって良かった。書斎をリフォームし気に入った部屋にしたので余計に心地良い。本は立って読めるようにした。

職場出勤久しぶり。時差通勤で早朝家を出た。鶯の鳴音が上手になりしかも長い、しばし聞き入る。電車がすいている。朝早いとはいえ座れることなんてめったにないのに楽々。流石にマスクをかけていない人はなくなった。ウイルスが防げるか疑問だがとにかく不安な毎日なので、せめて手洗いマスクと励行。

## 2020年【5月】

戦争には赤紙一枚で、父親兄弟が召集され戦場へ。云々を言わず促され、帰らぬ人が多く、残された家族の生活の苦労。生きているだけの暮らし、貧苦に耐え忍んで居た。あの頃の事を思えば自宅待機など何でもないはず。

コロナウイルスで見えてきたもの。日本人の気質の変わり方。自分だけ良ければ、今楽しければ、人の迷惑は考えない。耐え忍ぶという心根は消え失せ自己主張のみ。自ら智恵を出す事は出来ず、誰かの指示を待つのみ。自己責任という用語はトンと通用しないし皆無だ。要は責任感がない。悲観的の見方で一層淋しさが増す。

これからは働き方が大変革となるだろう。勤務先へ、混んだ電車に乗って決まった時間に出勤、こんな風景は前時代的な姿となるだろう。働く人の意識改革、自己啓発が問われる。集団でパソコンに向って決められた仕事を単調にこなしている働き方では済まないだろう。その他大勢の中の一人、スタッフ的要素の働き方はなくなるだろう。知識と専門性が問われ、テレワークの型となるだろう。老兵は消え去るのみ。

## 2020年【6月】

中央官庁へ出掛け驚くなかれ出入口の厳重チェック、訪問先に受付が電話をかけ確認を取る。コロナ感染経路判定のためむしろ厳重であればそれなりに納得。一人一人が行動に責任をもって対応し事が起きた時チェック体制の一つかと思い納得。

時差通勤と思い朝早い時間帯、ところが非常に混んで居り、みんな早く出勤しているのだろう。帰りは早くなったので明るいうちに我家に着く。陽のあるうちに帰宅した事ほとんどなかったので、すこぶる上機嫌。夜の時間がゆったりとして生活が一変。良い傾向である。

三大香木、真白なくちなしの花が咲き馥郁の甘い香りがただよい雨戸を開けるのが楽しみ。可憐で八重咲きは実をつけず一重が実を付けくちなしの実、料理の色づけに使われる。コロナで打ちのめされている時だけに可愛く癒される。

コロナで売れた商品のランキングを目にし成る程感あり。マスク体温計殺菌消毒剤売れたトップ3。酔い止め口紅日焼止め売れなかった商品。マスク装着が当たり前になり口紅や化粧がしにくいことは事実、マスクが汚れる事もありつけにくくなっている。子供のおやつ用商品が上位ランクイン。

コロナで不安の日々を過し、桜も紫陽花も目を向けることなく夏至となる。夜になるのが遅く朝の訪れは早いこの時季こそ前向きに、雨にもマケズ風にもマケズ、コロナにもマケズ、自分らしく規律をもって楽しみをみつけ、元気に仕事も暮らしもエイーヤー

令和2年／2020年4月

## 2020年【7月】

小暑　夏本番　気温が上がる。マスクをかけ歩くのは汗が出て、冷や汗かと思いコロナかなとゾーッとする。コロナは多湿高温には弱いと聞くが、見当がつかないので不安が募る。世の中明るい話題がないのも人々の気持を暗くする。

明るいうちに帰宅し風呂につかり、温泉気分で家飲みを楽しんでいる。酒は日本が生んだ最も優れた

芸術品と思う。琥珀色の液体、喉越豊に五臓六腑にしみわたり、何とも云えない酒の醍醐味。酒飲みゆえの倖せ感、ウマイ。

ネットで日本中の酒が手に入るので飲みくらべを楽しんでいる。米と麹、水で発酵させ、各々の場所で杜氏の経験と勘と技。香り味が醸し出され、正に芸術品である。ウマイ日本酒に恵まれた日本人で本当に良かった。芸術作品を造り続けてくれている蔵元に感謝。

生まれ育った実家で幼少の頃、酒を造っていた事をうかがえる品々が残って居り、酒を濾す船があり沢山の食器をつめて物入れとなっていた。樽、瓶など今で云う残骸が母屋の裏の蔵に収まっていたのを記憶している。山舎（ヤマキチ）というネーミングだったようだ。盃だけが残っている。子供の頃、母から造り酒屋であったのよと聞かされていた。破産し何もなくなって、かろうじて家屋敷だけ残り、変なプライドだけが一人歩きしていた様だ。一種の享受かな。今では何の面影もなく記憶の外である。これもコロナで時間を生み出した一つかな。

ハガキを書く機会が多くなった。メールの光り文字は簡潔な用件のみは良いが、季節感、状況、相手を思うチャンスと手紙を書くことにしている。逆にもらった時、文面ににじみ出ている様子が、光り文字よりはるかに真意が伝わると思う、昔人間です。時代遅れが生き残っています。

九州熊本の豪雨により球磨川の氾濫、あの惨状、今年もか……。毎年の様に豪雨により家が水につかり山がくずれ尊い人命を失う。こんなに科学が進み天気予報はすれど、その雨雲を排除できない。人間なんて偉そうな事言っても自然災害には手も足も出ない。成り行きしだい、悲しいネ。

ママ元気？ と言って訪れてくれた浦山さん、みどりチャン。好物の肴持参してくれた。久方振り‼ 古漬が好きな人達なので、急いでヌカ漬をカクヤにし塩出しして根ショウガ沢山切りまぜ、食べ、持ち帰った。発酵食品なので塩にも気遣いし、たかが塩されど塩、毎日手を入れ夏場は朝晩、我家自慢のヌカ子ちゃん。今日も元気で美味しくなっています。

蓮はじめて開く。蓮の花の見頃を迎え、手賀沼にも沢山の蓮がある。この頃散歩に出ないので見逃している。海水浴のシーズンでもあるが、この所の雨の多さと、今年は各地で海水浴場を閉鎖している様だ。コロナと監視員不足との事、仕方ないとはいえ残念でもある。

令和２年／2020年６月

相撲がそれなりに面白い。毎場所位置が入れ替わる実力の世界。勝たねば強くなくては。期待の力士が実力を発揮、今場所では隆の勝、同じ地域なので特に声援を送る。観客も少なく飲食もなく声援もなく、初めての試み。良い取組、心懸に相撲取組んでいる力士に対し拍手。静かな中にも統一が取れて、こんな相撲の観方もあるんだ。それなりにオツなものと好感度良好なり。

友人が急死し、お別れに水戸へ出掛けた。行きも帰りも特急の乗車人数が少なく驚く。長く生きてきて、こんな人の少ない特急に乗ったのは初めて。コロナで出掛ける人が少ないと。タクシーの運転手も、街中に人が歩いていない、商売にならないと。大通りもシャッター降りているのが目についた。活気が無くなっている。

## 2020年【8月】

酒を提供する店は時間制限あり、当然に思う毎日。感染者が増えている、恐るべき事である。専ら家飲みに徹している。今日も美味しい酒が飲めると楽しみにして家路を急ぐ。前より規則正しく健康的な暮らし方をしている。

Ｇｏｔｏなどと小手先云々せず、全国民に消費して貰い経済動かすには、この際思い切って消費税下げたら、重石がとれた感じで値段が高い物も売れるはずである。期限付きでもいい、下げるべきである。

夏休みとしてお盆中休日として家に居た。こんな機会はまとまった断捨離と思いはすれど何処から手を出して良いか迷い結局何も出来ず、いつもの休日の如く過す。毎日が休みだったらどうするか、結論の出ぬ間にコロナで家に居る時間が長く過し方に慣れたかに思ったが、健康維持しつつ日常生活のあり方はかなり規則正しく。マァーイイカーは通じなくなる。体力が伴わなくなるからだ。一つの救いは読書が出来る。が、目が疲れて。あんなに喜び勇んでいただけに読む倖せをかみしめ、これだけはやめられない。何とかダマシダマシ続けよう。

このところの猛暑は半端ではないが、熱中症による高齢者の死亡率が上がっている。水分補給と冷房つけて涼しくと放送されているのに、どうしてかなと。老齢になると感覚が麻痺して感じなくなるのか、みんな行く道なれど、その道はなるたけ避けて歩きたいものだ。

若者の合理性、メルカリで売ったり買ったり。新品中古よりどり、高価な物は少なく手頃で合理的がうけてはやっている。経済を廻すにはどうだろうか。消費者が無駄使いすることが経済を豊にする。買う喜び楽しみ、その豊かさ、それをしたいために働き努力もした。それが出来た世代に生れて倖せだった。しかしそのつけが今来て、物の処理、断捨離に悩み苦しんでいる。因果な事だ。

田舎の我孫子になぜ住んでいるのか、都内居住しない事を良く聞かれたが、騒音から離れ一日の区切りをつけたい思いから。毎日水を眺め暮すこの場所から離れがたく、コロナで住の考え方が大きく変り、住めば都でかなり快適で住心地良く、動かざる事正解なり。

令和２年／2020年８月

気張った事をした訳じゃないのに歯が痛くなり顔半分腫れてしまい、休日グタグタして過した。こんな事はあまり無く暮してきたので無理は出来ないし、ストレスが如何に体に障るかを思い知らされた。

肉体に何の支障も無い事が如何に大切で倖せな暮らしだと身にしみた。

## 2020年【9月】

長月となり暦の枚数が残り少なくなり、コロナ禍が起って考える余裕のないまま感染したくない一心で夢中で暮して、時の経つのが全くという程気付かなくなっている。政治の世界も大きく変り、日本はどっちへ行くのか迷路に佇む。

突然の首相の辞任で後継は誰にするか盛んに報道、選出方法云々、どうやっても同じ井の中。危機管理、コロナ問題と山積している。一日も早く国家国民を安心安全に導いて欲しい。首相ともなれば何等かの形で毎日顔を見ることになるので理屈っぽく正当性語られてはかなわない。これからの世の移り変り、人々の変り往く姿、経験した事のない未踏の姿。こんな時こそ強いリーダーが望ましい。

9月4日は十五夜。月見る月は多けれど月見る月はこの月の月とあるが、お供えあげて秋の稔りの感謝、仲秋の名月。子供の頃そのダンゴが食べたかったと想い出す。今年は台風でそんな所ではないかも。ススキ、ダンゴ、果物供え、明るい月を愛でたいものだ。

海水温の上昇で台風が大型化している。苦い思い出があり、身の縮まる思いにかられる。幼少の頃、房総半島に上陸したアイオン台風の直撃を受け恐い思いしトラウマとなり、暴風雨となると恐怖症に。他に恐いものは少ないが、これだけは全く弱い。

蒸し暑い日が続き秋の爽やかさが欠けているこの頃、自民総裁選が行われる。過半数を得た候補が新総裁に。首相辞任劇から毎日何等の形で報道されて誰がふさわしいか憶測の日々。野党も同時期リーダー選出なのに全く影が薄く。二番では駄目ですかの仕分けに国民が驚きあきれた当時が浮んでくる。

加齢に伴い体が丸くなって行く。人は丸くなったと人格が優しくなった事指すが、筋力が衰え姿勢が悪くなり、自然に足腰が弱り前のめりの形になり、残念な事だが老齢の象徴となる。一にも姿勢二にも姿勢、体は角張り続けたいものだ。

相撲が面白くなっている。若手の活躍で場が盛上る。隆の勝がいい。柏出身なので隣りなだけ余計応援しまくり。相撲は故郷色が強い。コロナ終息する事神頼みになっている。テレビでなく会場で一杯飲みながら、贔屓力士に声援を送りたい。ストレス解消には最適である。

お天気が定まらないが、帰宅が遅くなった日鈴虫が鳴いていた。秋が深まろうとしているのに「すすきつゆ」と言うそうだが雨が降り、振り廻されている。カラーっとした秋独特の日を待っている。

令和２年／2020年９月

自民党新政権発足、今までテントが張られ、呼び込ものあった人達が国会へ駆けつけるおなじみの光景が今回は無く、かなり早くからテレビで入閣が報道されており、変ったなと思いあり。前内閣を引き継ぎ再任が多く、その面では身辺検査もしなくて済んだろう。

コロナ太りと語る人多く、まさしく体重が増えた。動きが少なく暑さも手伝い全く散歩せず。休日ともなると自粛そのもの、家の中でゴソゴソ動いているが、この程度では筋力が衰える。人間は何といっても筋力、老齢になる程足腰鍛えないと、転んだり腰から下が痛くなる。一に筋力、二に筋力。実感である。

## 2020年【10月】

秋晴れの爽やかさ、気持が晴ればれとする。汗も出ず、中旬からの曇天続き雨模様で暗く過していたので、この爽やかさは待ち望んでいた。コロナで暗く不安な気分も一掃され、生きている事の喜びを感ずる。

神無月に入った。神様達が出雲地方に集る。出雲では神在月と呼び、神様会議すると伝えられている。今年は特別な年としてコロナ終息について神頼みといこう!! 神無月はお酒を醸す醸成月（かみなしづき）を語源とする説もあると云う。新酒はまたそれなりの味わい、楽しさ喉元から五臓六腑にしみわたる。正しく酒飲みの醍醐味。

長く仕事に携って感ずる事に、人間性が大きく変ってきている。自分だけ良ければで、共助の精神はかなり欠如している感は否めない。人を思いやる、助ける、譲る、死語になっているんだと感ずる事に多くぶつかる。教育に問題があるのでは……。

金木犀が馥郁の香りで、人の心に穏やかさを誘っている様だ。思わずいい香り。温暖のせいで季節が遅くなっている。彼岸頃咲き衣替えを考えたのに、寒露の今咲いている。冷房したくなる日もあり冬支度とはほど遠いと思っていたが。

時差通勤のための4時起床。真っ暗だが慣れてきたので早起がなんでもなく、気分良く目覚め、一時間半しか家を出るまでの時間がないので、かなり急いで物事を片付けて外出に及ぶ。今迄経験した事のない早出、義務化すると決まりで苦痛でなく出来るんだと、それを知ったコロナ現象でした。

コロナにより生き方、日々の暮し方がかなり変りつつある。また変えねばならない、高齢者は特に割り切りが必要。今までより良い生活様式にと、心はノンビリと。脳と体は活発にする。適度に忙しく過す工夫。物の断舎利、整頓。かなり頭の働きと体力を使うので効果的。

携帯を変えた。少しは刺激のためと思ったが、勝手違い全く解らず、手のつけようなしだが、少しでもグレード上げ脳の活性化を図ろうと操作に励み、アーソウカと思いのほか手になじんできた。

お客様の一人、千葉の岩田さんから新米が。美味しかったので福分けと言って贈ってくれた。気持が有り難くとても嬉しかった。今時こんな心遣いしてくれる人も居るんだと。日本人の良さを垣間見た感あり。

業務規制の問題等、質問事項問い合わせても回答が実に遅くなってきた傾向がある。テレワークなどで会社での業務者が少なくなっているのではないだろうか。コロナ問題がいろんな場で悪影響しており、また何かにつけてコロナ問題が浮かび上がっている。この先世の中が悪い方に変るのではと不安になる。

○○弁護士ですがと保険に対する質問が来た。咄嗟に騙りかなと疑いを持った。いけない事と知りながらウサンクサク思う。話しているうちに本当に弁護士さんだと理解したが、人を見たら疑ってかかる、こんな世の中はやりきれない。

朝ドラ　鐘が鳴りますキンコンカン～のメロディを耳にし、戦争の悲劇で孤児多く、その惨憺たる姿が目に浮び、自然に涙が出た。二度とあのような悲劇は決してあってはならない。

自覚は変化のチャンス。歳をとったと自覚することで自分を見つめ直し、今自分に必要な事は何か考え、欠乏感は生きる原動力。足が弱くなった記憶力が衰えたなどなど、何とか元に戻そうと努力は必要、一方よくもここまできたと、足るを知る。人生はほどほどに生きるのが丁度按配がいい。

令和2年／2020年10月

今週末で神無月も終り霜月となる。暦も1枚残すのみ。1年が全く早く感ずる。今年は特にコロナ禍で外出もままならず、混む時間帯を避けて早朝出勤に及んだので、余計早さを覚えた。黎明に家を出るマスクかける事が丁度良く、早起きは三文の得と歩く速度も速く、乗物も客少なく座って通勤、いい事多し。

## 2020年【11月】

朝出勤時、満月が西の空に大きく照らして居り、その美しさに見とれながら背中　押されて駅に向う。暑いの天気はどうのと言っているうちに立冬である。冬支度急がねば、コロナで生活が大きく変ってきている。寒さと共に感染が広がらぬ事祈る気持。

コロナで学んだ事は、家飲みが如何に良いか。くつろぎ感覚を研ぎ澄まし、発想豊かに時を過す、自分だけの好みの銘酒取り揃え飲むゆったり感。外で飲んで帰ると翌日疲れがとれず、虚脱感が残るので、外飲みはめっきり少なくなった。

国会予算委員会質疑応答の中継を見た。野党の痩せ型小柄な女性の詰問。毎度の事ながら、やーな気分。気持が暗くささくれたつ気分になる。姿勢口調トゲトゲしく、勝ち誇った傲慢無礼。私のまわりにはあんな女性は存在しないだけ、まあいいか。

昼が最も短く、朝明るくなるのも6時過ぎ。薄明るくなった頃家を出る。電車もすいているので安心して時差通勤としゃれ込んで毎日通っている。密にならないで済む。一寸遅くなるとかなり混んでくるのでなるだけに避けるように心がけて日々を過している。これも努力なのです。

横綱休場、大関二人休場の中、面白くなっている。若手の活躍が目立ち期待が大きい。コロナ終息の暁には活躍力士が大幅に変っているだろう。楽しみがまた増えた。昭和の人間はやはり動画ではつまらない。会場に行きたいが今はテレビもそれなりに面白い。

## 2020年【12月】

我慢の連休も何のその、各地の人出のすさまじさ。有名な観光地などは歩けない程込み合っている。コロナ禍の中、良く出掛けるなと感心の極み。皆が少しずつでいいから三密はどうしたら防げられるか、考え行動とったら猛烈のスピードで感染しなくなる。一人一人が自覚を持って、命令されるのではなく自主的に。

喪中葉書が届く。時期かと思うが驚きの方が大きい。沙汰のないのは元気の証拠と言っていたものの、実際目にすると複雑な気分になる。生きとし生けるものには必ず別れがつきものと、葉書を手にしてしばし沈思黙考。

3週間自粛しましょう、そうすれば最悪の状態は抜けられると、ここが我慢のしどき。日本全体の問題だけに一人一人が自覚を持って、一旦立停る時だろうに。それもなく感染が広がり、12月に入り一層不安が募る。

師走に入りいつもの年ならクリスマスソングが街中にぎやかに背中押されるのに、鳴物もなく密をさけよう。流行語も三密が選ばれた。飲食がともなう場所は少人数で静かにオシャベリせず、早目に切り上げる。金を払って孤独感を味わう、これも一興かな。だが出かけないのが安全第一。

感染が止まらない。休日ともなると出歩く人多く、ここが我慢のしどきなのに、頼まれたり命令されないと自粛出来ないのかと思うと、一丸となって耐える時に耐えれば、明るい先が見えると信じられないかと残念に思う。自分だけは大丈夫と過信は恐ろしい結果をもたらす。

令和2年／2020年12月

医療崩壊について　医療に携る専門家が自粛をうながしているのに対策の手立てをしない。抜本的対策を示さないと、国も東京都も注意喚起のキャッチフレーズだけにとどまっている様にしか思えない。

このままで良いか疑問である。

Ｇｏｔｏ全国一斉停止を決めた。人の往来を防ぐため。遅きに失した。出歩かない日があってもいいのでは。若い人達はまだ時間がある。収束してからのびのび観光する方が気分が良いのでは。後ろめたさを感じずに歩けるのだから。それこそ人のため世のために。

医療従事者の方々に正月くらいはゆっくり休んで下さいと言いたい。命を懸けて頑張ってくれている関係者。一般の人も出歩くのを避けて静かに自粛をとうながしたい。コロナ収束のため、人間は目的があれば耐え忍ぶ事も出来るはず。

コロナコロナで始まり不安と同居している内に人は麻痺して出歩き接触し感染者が増える。経済の大切さは解るがここは思い切ってすべて打ち切り、２週間または今月後半から１月中旬まで全国民に巣ごもりさせたほうが良いのでは。

山登りは体力、下りは技術という言葉があるが、人の一生もそうなのだ。若い時は体力にまかせ働き続け、智力努力で駆け上がったが、人生も後半、老齢になると生き方、体力も技術を必要とする。転ばぬ先の杖と言うが、杖の選び方使い方の技術、その技量が問われる。

# 令和3年／2021年

## 2021年【1月】

人生でこんなに家に居て出掛けもせず、やりたい事が出来る時間があり、誰にも気兼ねなく、一日が短く忙しく楽しく過せる時間に恵まれ、それなりに充実して忙しい。

相撲が始まった。観客の少ない光景は見慣れたが、力士がコロナで休場が多く、全く違って淋しいが、相撲が好きだから開催された事を喜んでいる。事なきを得て楽を迎えること祈っている。

国会が始まった。国民にとって最も必要な法案や予算を早く審議し通してから、金と政治、桜の問題、コロナの対策遅い問題を討議して貰いたい。重要法案を人質に取る野党戦術は国民を決して倖せにできない。

コロナにより働き方改革が進む　50~60年前から今の様に細分化されたが、これからはまた大型化され昔に似た型が導入される。リモート、テレワークと言った働き方で企業も各県に支店は必要なくなる。大所で管理が可能となり、余剰人員の配置転換と目まぐるしく変化すると思える。余人には変えがたい専門職か、何でも融通無碍に身の熟（こなし）ができるかの人物が生き残れるのでは。はたして今の若者は、そして社会は。

1月30日、味噌の日だとか。日本人とっては、またコロナ禍では免疫性にも良い発酵食品、大いに食べたい。冬なのでヌカ漬を休せている。あまりの冷たさに手がしびれるからである。カツオ節とか味噌、塩麹などは万能調味料として、どこかに使用し毎日欠かさず食べている。

菅総理米つきバッタ、国会で陳謝。議員銀座飲み歩く。世の中自粛で不要不急の外出避けて夜も8時までと、国民はコロナ収束のためやむをえないと思っている矢先。いい歳をした国会議員の先生、幼稚園生も解ること破るなんて。身の程考え自ら責任を取るべきでしょう。

野党の痩せ気味の女性のシャベリ方、態度、これが同姓かと思うとゾーッとする。才女でなく鬼女を思わせる。国会の先生方のレベル落ち、国民はしっかり見てます。

## 2021年【2月】

自粛の成果は出ていて感染者が減っている。緊急事態の延長やむなし、中途半端ではまた増える。思い切った処置を期間限定なのだから一斉に対応。経済と両方いいとこ取りすると、どちらも立ち行かなくなる。この際思い切った緊急事態の延長、むしろ賛成。

コロナ禍に全くマナー違反の女性二人50歳位、並んで座って小声であったが会話、上野から我孫子、降りないからその先まで行ったと思うがしゃべり続けていた。車内放送で会話は避けて下さいと言っているのに意に介さない自分達の境地。こんな輩何とかできないものか。注意しようと何度も腹立したが、年寄りの冷水かと不愉快だがガマンした。こんなはずでなかった自分に腹が立った。

立春だ、名のみと言えど日一日と朝明けるのが早くなり、三寒四温経て暖かさが増していく。今朝南の空に半月がまばゆい位照らして居り、しばし見とれた。前歯の残っていた骨を抜き少々痛い。何より悲しいことは今晩禁酒を宣告されたことである。たかが一日されど何よりも辛い。

もう一年。コロナ問題は様々の日常生活や仕事のやり方、暮し方も一変、思い切って逆手にとって暮らし方を変え。人間の一生は短い。平均寿命は延びても、日常生活も仕事も一線で活躍し充実し暮せる時は短いのだ。それを思えばコロナで時間が生れた、チャンスと捉え打ち込む事を求めたい。

令和3年／2021年2月

うつらないうつさないを徹底的に気をつけて、時差通勤。不要不急の外出を避け、外で飲食をした事がなく巣篭もり。家に帰ったらこれまた一歩も外へ出ず。散歩の代わりに家の中でトレーニングに励む。筋力は落ちるのが早いし、努力すれば筋肉は裏切らないを信じ。本は立って読み、掃除は全身の運動、洗濯は背伸びして干すこと努めて、筋力トレーニングとして楽しんでやっている。結果は太らない。食べて飲んで、自分の体は自分で守るをモットーに。食事が基本、野菜は外干してから使っている。お取り寄せも適当に活用し食事の変化を楽しみ食べる。飲める喜びを全身で受け止めて充実の暮しを。家で出来るストレッチを無理せず楽しく続けるをモットーに過している。

仕事先に急用があり伺った所、出席人員もごく僅かで静まりかえっていて驚く。テレワークと言うが仕事になっているのだろうか、疑問に思う。いろんな職種の方々も、仕事の仕方、方法すべてがコロナ以前と只今現在変ってきて居り、方向性を見誤るのではないだろうか。この立直しをどう修正するか悩むところだ。

国会議員は倫理観もなく、国民は自粛し感染者もかなり少なくなって居り、成果見えはじめてきた時に水を指す様に六本木、新宿などで歩くとはもってのほか。離党すれば良いというものではない。与党も野党の追及する側が他人様に大手を振って言えない行為。二人共議員辞職すべきだ。

口の悪い小松さんが美味しい食事の話をしていたので、話では駄目食べたいと言ったら、わかったと言いつつ、アビコのバーサン殺すのに刃物はいらない栄養過多にすればいい、と言われてしまった。でも美味しい物には目がない。

某省接待問題となっている。金額はたいした事ないと思われる。1回7万位では場所、料理の内容によっては普通であり、回数が問題だ。許認可の立場の人のわきまえない姿勢が問題だ。接待側が時の権力者の息子であれば、むしろ気楽に一寸した野心も働き、一杯が二杯になり二回三回と重なり、報道の様になったのでしょう。気のゆるみは取り返しのつかないことになりかねない。クワバラクワバラ。

朝早い時間帯も電車が混む様になってきた。通常勤務の人が増えたのであろうか。今までは必ず座れたけれど、この所かなり混む様になってきた。良いのか悪いのか迷うところだ。コロナ禍を思うといささか心配になる。

国民にとって大切な予算審議の場に接待問題の証人喚問しないなら予算審議応じないと言い切った野党。予算を人質に取り引き延ばしを図る姿勢はいただけない。何が大切か国民のためになるのはと選択できない、いつまでもお子様。これでは今がチャンスなのに政権は取れない。

## ２０２１年【３月】

季節は移り植物が萌え出ずる時季。沈丁花が咲いて居り、コロナと寒さに身を縮めていたのに自然の息吹に背中を押される。春野菜が出廻り旬の物を食べ、前を向いて地に足をつけて負けじ魂を発揮しよう。

国民の大半が緊急事態宣言に協力し、ここまで来たのだから一旦良くなっているからと気をゆるめず、今が辛抱の時、安心出来る数値までガマン。経済も大切、仕事を失っている人達も多いが、コロナについては先が見えているのだから、立ち停り、次の一手を考えあみ出す時ではないだろうか。

3月5日、語呂合せでサンゴの日、サンゴと美しい海を守りたい。道を歩いていたら甘い香りに誘われ花の姿を見つけた時の、春だ沈丁花咲いている、と思わず声に出した。立ち停りしばし眺め入る。コロナにおびえず心静かに日本の三大香木を心ゆくまで楽しみたい。

鶯の初鳴に背中押され朝早い出勤も苦にならず、薄明るくなった空を見上げ歩みを進める。ホーホケキョウ清々しい春告げる声音。自然は季を忘れず芽吹き、寒さやコロナの鬱屈を払い除けてくれる。

3月11日、10年も経つのかと思う。地下鉄から2分降りるのが遅ければ電車に閉じ込められたかもしれない。地上に出た瞬間グラグラときてビルが大きくゆれて、歩道を歩いている人達が自然と真中に集ってビルを見上げていた。急いで事務所に戻り、変化がなくホッとした事を思い出す。少し遅れてコンビニ行ったら何も品物がなくなっていた。夜、事務所で寝た。冷蔵庫に飲物つまみが入っていたので、飲んで寒さをしのいだのを記憶している。テレビで津波で流される様子を見て胸がつまった。

暑さ寒さも彼岸までと言うが、今年は暖かく桜も早く咲き、花々咲き競い朝明けるのも早く、気持良い季となって居り、コロナの悩みがなければどんなに明るく暮せるのにと。しかし時間があったので今まで出来なかった事を処理でき一方では気持明るく、良かった部分も多い。

相撲が始まった。一人横綱だが何となく場所が締まる。横綱不在で何場所も開催され、いないのが普通と思われていただけに、いとも不思議とも思えた。コロナで全休力士も多く居り、開催の難しさが伺える、と思ったが……白鵬休場。また横綱不在の場所となった。二人は横綱として資格がない。休場続きで手直ししてとか何とか、言い訳としか聞えない。引退すべきだ。何とも長きにわたり休場続きで、協会にも諸々の事情があるかも知れないが、仏の顔も三度。いいかげんに結論出すべきだ。

21日で自粛解除になる。何の手立てもせず対策も講じず、はたしてそれで良いのか。今でも出歩く人が多いなか花見だ。季節が良いので一気に今までの分を取り戻そうと大衆心理が働き、何か恐ろしい気がする。成り行きをみるしかないのか。

自粛解除と共に朝早い時間帯にもかかわらず混んできた。日の出も早いせいで出掛けるのにも楽になった事もあり。テレワークで家で仕事する事を好む人はそれはそれなりだが、通勤は長い事習慣にしていただけに気分転換になるのでは。しかしコロナ禍を機に働き方が大きく変って行く事は事実。

会って話をする事はどんな時代の流れ、変化があろうと必要であり大切な事でもある。リモートで画面通じて会話していても伝わらない事があり、言わんとしている内面的な部分が汲み取れない、微妙なずれを感ずる。自分だけかなと考えてしまう場面が多い。

人事異動の期　挨拶を受ける。試練でもある。悲喜こもごも、栄転の喜びばかりでない。逆の場合もある。それも経験である。人生の一頁、どんな書き込みができるか、するかで大きくその人の人生は変る。若い人には健康で夢を大きくふくらまして、立った場所で輝いて欲しいと思う。横井さんに送る言葉。

鶴竜現役引退。横綱在位は歴代10位。しかし休場が多く、はたして横綱としては如何な物かと思っていた。今場所も顔を見る事もなく姿を消した。日本国籍を取り、次のいい力士を育てると。お疲れ様と労いましょう。

## 2021年【4月】

照ノ富士、大関に。難しい四字熟語も使わず、挨拶も淡々と抱負を語り、感じ良く聞いていた。大関4人となる誰が一番先に抜け出て横綱になるか。7月には白鵬の処置も決まるだろう。来場所が面白くなる。5月場所は本来東京での場所ゆえ、コロナの収束をひたすら祈る。

こぼれ花　桜のピンク花を踏み散り往く花は儚い　23人の役人の送別会の件が問題になって居り、国民に自粛させてと、彼らも人間かなり耐え忍んでコロナ禍を対処していたはず。出向者を交えての送別会、ほんの出来心のはず。あそこまでの処分は気の毒。役人のなり手がなくなったら困るのは誰。

疑心暗鬼　人を見たら敵と思え　辺りを見回しおびえる世の中。密告、週刊誌が追いかけ載せる。一般の人がすぐ反応し騒ぎ立て攻撃する。人を殺すのに刃物はいらない。全くの体たらく、こんな世の中。住みにくくなりましたね。

嘆き節の我反省　見ざる聞かざる　春の陽気、鶯の鳴き声に耳をすまし聞きほれる。咲きほこる花の美しさ、自然の変わり方、これがゆとりか。最近新聞の影響もあり夏目漱石を読み直している。読んだ年齢で感じ方が違う。名作は心の豊かさ感動を与えてくれる。

コロナワクチン接種の案内が届いた。予約申込にパスワードが。こんな簡単な方法で良いのかと疑問を持った。マイナンバーカードは何のためにあるのか。あのカードも見直し手直しして完璧な物にすべきである。何か中途半端で疑問だらけに思えて仕方ない私でした。

令和３年／2021年４月

歯の治療する機会が多くなり、齢を重ねると仕方ない事ゆえ。何せ初体験義歯を入れた。安いんだとその時感じた。違和感があったがこんなもんなんだろうと。転んで歯をいためた後ろめたさもあり仕方ないとアキラメていたが、思い切って自費で入れたら快適。最初から話して下さいと文句を言い。安かろう悪かろうは物を購入のつきもの。内容重視が必要。

コロナ感染者が増えている。5月中旬に結婚式に招かれている。去年一年延期したのだが、どうなる事かと。人生初の主役二人にとっては披露したいことだろう。育てた両親も晴れ姿を見て幸多かれと希う親心。子供も親も至福の時を共有したいだろう。客としても若人の倖せな姿は一見の価値がある。

花祭りの朝、何気に優先席前に立った。座っている人が顔を見てそしらぬふり。年寄りに見られなかったホッとする。譲られると面映く、年寄りと思われたのかと複雑な気分になる。なんと我儘な贅沢な話。これが冷や水かな。

2年振りにリモートでなく対面の会議に出席。やはり何処か違う。直接意見交換できるのは物事が鮮明で理解しやすいし前に進む。人間は顔の動き目の輝き総合判断が如何に必要か目のあたりにした。こんな時だけに仕方ないが、時には会う必要性を感じた。

緊急宣言ついに出たか、遅きに失したと思っている。中途半端に恐る恐るやるのではなく、思い切って厳しい処置をすべき。期間も一定期間を取り、小出しにして様子見しているのではなく、ダラダラは困る。都民と言わず千葉県民も毎日不安かかえながら、人出の少ない早朝出勤し人混みを避けての

令和３年／2021年４月

日々の暮し。不要不急の外出は避け、ここが頑張りガマンのし時と忍の一字なのだ。コロナ感染症は人流を止めれば確実に減る事ははっきりしている。如何に減らすかを具体的に告げ厳命すべきだ。お願いベースだとまたかと耳タコだ。聞く耳持たず。

早朝雨戸開けたら真白の牡丹がけなげに咲いていた。今年は開花が早い。最初は濃いピンクであったが、今白に変化。これも高齢の家主に合わせる如く白色になりしか。

「おしん」総集編を観た。日頃テレビは、最近特に見なかったが、橋田壽賀子氏の生き方、考え方に共感する事が多い。あの当時はテレビを見なかった。忙しい毎日で暇がなかったのだ。時代の流れ移り変わる世界、その時の場面、考えさせられる点多く、日本人の原点を垣間見た感じ。貧乏で奉公し、辛抱し耐え、立身出世も災害戦争、その中で生きる強さ。しかし民族性の人情、自助共助がそこにはあった。

選挙破れる　自民党惨敗。見事なまでの負け戦（いくさ）。コロナ対策不満68％。先ず中途半端、強いリーダーの姿勢が伺えない。酒を売れない飲食業。対策しっかりしている百貨店も休業。その補償金20万、笑ってしまった。何をか云わんや言葉を失った。

## 2021年【5月】

ここまで生きてきて、ゴールデンウィークと言って長い休日は始めて。コロナ禍とは言え神様がくれた贈り物の休日かと胸がトキメク。集大成、こんな機会でもなければ出来ない事を思い切って済ませよう。不要不急の外出はやめて下さいで人が来ないチャンス。外に出ず家の中で過し、ゆったりほっとした気分に。

母の日前から花が届いたり、大好物のチョコレートなど、母親もどきなのに贈って頂いて、部屋を沢山の花で飾り、なんて至福な時を過せて倖せな母の日。

相撲が始まり、無観客で一度経験しているものの何か勝手が違い、臨場感なく淋しい限り。仕方ないかと思いつつも。歌舞伎も声を出してはいけない、拍手のみ、飲食も駄目、だから行かない。大向うで贔屓役者の屋号を呼び、呼吸の合った時の醍醐味。しばらく見に行ってないなあ!!

梅雨の様な天気で気圧の関係などで体調をくずし、朝目覚めたとき目がクラクラし、とうとう一日欠勤した。自分でも驚く程寝た。断捨離などと一気に家の中片付けようとして疲れたのだ。こんな事は久しくなかったので、慣れない事、無理してはいけないと悟る。

朝乃山休場。この所元気なく、やる気があるのか思った程。悩みをかかえての姿、自分でした事だから仕方ないと思うが。週刊誌がまた一人、刃物でなく切り刻み貶める。スキャンダルばかり追い求め、売れれば良いは如何なものか。人一人葬る。注意喚起は他にもあるはず。

ワクチン接種が身近に迫ってきた。打つか打たざるか、迷っている。親族は、絶対打つべき、早くと言っているが、副作用のこと考えると迷う所。子供の頃打ったきりで何十年と、とにかく打ったことない。その必要性もなかったが、今回のコロナ如何にするか、迷う。市役所から日時指定の連絡はまだない。

令和3年／2021年5月

コロナ禍の中、身内で冠婚葬祭が次々とあったが、こんな時ですからと言って、いずれにも伺わず欠礼をした。すべてが縮小した型でとり行われた様だ。こんな型が底流となり、今までとの違いが鮮明に。これも時代の流れ、好むと好まざるもコロナにより生活のすべてが急激に変化している。

ワクチン接種会場　案内人が外で木の看板持って立っていた。これから暑くなるので気の毒な姿。何時間交替だろうか。熱中症になるのではと不安を覚えた。ワクチンを打つためにはかなりの人手がかかって居り、下支えしてくれる人達がいるから出来るんだ。打つのに遅いのと文句は慎みたい。

家飲みで時間が出来たのでガーデニングと行くかと。花を買いせっせセッセと花植にいそしんでいる。

色とりどり咲き競うと、これはまたそれなりに楽しい。コロナ禍で今まで忘れかけていた事が出来て、うれしい限り。やる事はつきないと思うこの頃。年を重ねた好果かな。

## 2021年【6月】

緊急事態宣言20日間延長　出掛けてはいけない、集ってお喋り駄目、飲食駄目、駄目づくし。人間生きて行くうえの尊厳がない様に思えてきた。もっと強いリーダーのメッセージと目標が定められれば、それに向って耐え忍び心懸に取組むが、中途半端で他人事の代弁にしか聞えない。政治家は国民が安心感を持てるよう努力が必要。国民が疲れアキラメ不満をぶつける、その裏返しが政治への不信感を募らせている。コロナ禍で今まで見えなかった物が見えてきた。社会は大きな波のうねりとなって変革するだろう。働き方、それに伴う賃金格差、ＩＴ万能社会、税金、年金問題、列挙すれば怖さが身に迫ってくる。アア、ドウシヨウ。

五輪開催云々と世間で意見が分かれているが、何とも答えは出ない。難行は疑いのない事実となろう。予測も出来ず国民としてどうなるだろうという思いはあるが、選手にとってはチャンス到来と日々励んできた事の発表の時だけに勇姿に拍手を送りたい気持も強いが、片やコロナ感染を思うと果たしてどうかな……。

「雨垂(あまだ)れ病」がある事を最近知った。気圧の変化で体調が変化、何とも云えない気分が悪くなる。梅雨時ともなるとまたかと思い、やり過してきた。一種の病と知り、意識して体と付き合い、過ぎるのをじっと待つ。

令和３年／2021年６月

慢性化してきた緊急宣言。聞く耳を持たず人流も増えて居り、路上飲みなど行儀の悪い行動が報じられ、歌を忘れたカナリヤではないが、人間の本質を放棄し他人の迷惑は考えず、自分が良ければよい、こんな行動させるのはと他人事にすりかえている。こんな時こそ日本人の本質が問われると考えるべきだ。

人を殺してみたかったとホザク若者、何たる事か。命を何と思っている。尊厳性、この世に生を受けているもの無駄なものはない。それぞれの場所で輝くものが本質なのだ。尊い人命、おろそかにしてはならない。

最近の車内で目につく事柄　優先席に座る若い男女共我関せずとばかり。杖をついて十字マークつけた人が立っていても譲らないで平気で座っている人を見かける。弱者に対するいたわり思いやりの心が欠けている。自分がよければそれで良い、あとはウッセイ……か。

映画「いのちの停車場」を観た。終末期の命の断ち方考えさせられた。意識のない状態で胃ろうのみで口からもの食べられず、人間として尊厳もなく生きているという物体と化し、呼吸している限り昼夜なく眠るのみで、生きていると言えるのか。そんな状態の終末期を自分で選べない虚しさは辛いと思った。

郵便が着かないと文句を言われた。最近配達が遅い感は否めない。宅急便ヤマトだったら必ず翌日届いていたのに、親書云々言って総務省が取りやめさせた。郵政民営化した結果、国民はかなり不便と値上に困惑している。ちっとも良い事はなく、かえって我々は迷惑の連鎖である。金融機関で10時開店なのは郵便局くらいだ。今の時代、9時に始らないと不便で、払込もコンビニで済ませてしまう民営化後の状況である。終わりは6時ではなくて5時が望ましい。民間らしい方法で営業すべきだ。ヤマトなどは正確に集配してくれて翌日配達され便利だったのに。本当に残念。

理不尽がまかり通る。無理難題、我儘言い放題、人間の言う事かと思うことあり。無理が通れば道理が引っ込む正しくその例。腹が立ち久々に声を荒げた。自分の言い分だけ主張し相手の事は全く考えない我儘、数は少ないと思うが残念。なげかわしい。

田舎の友人から蛤になる前の小粒の貝が送られてきたので、早速味噌汁で味わった。子供の頃良く食べたので懐かしく、一層味わい深かった。トリちゃんありがとう。漬物も美味しく一杯が二杯に、これが家飲みの醍醐味。

ワクチンを接種　蚊に刺されたより軽かった。こんな量できくのかなあ……と思った位またたく間に終り何の変化もなく。世間はさわがしくなっている。オリンピック、はたしてどうなる。

街中は少しだが活気が出てきた感あり。店先の張り紙がはずされ、開店の準備している店が目につく。短い時間でも外飲みが出来るんだと……。経済の回転がないというが、コロナの事を考えるともう少し自粛しようか……家飲みに徹しよう!!

三大香木と称される　真白な花から甘い香りがただようクチナシが我家の庭に咲きほこっている。雨戸を開けると何とも言えない良い香りで朝の目覚めに背中を押してくれる。元気になる。頑張って咲いてね。会話あり。

Ｗｅｂ募集に切り替え紙ベースをなくし、パソコンスマホ中心にしたが思った程の反応もなく静かな日々。全く様子がわからず反応伺えずとまどうが、結果がどうあれいち早く取り入れたことに意義があり、変える事もなく前例踏襲だけでは取り残される。仕事の意義は時代と共に歩み続ける事にあり。

## ２０２１年【７月】

休日ともなると人流が大きく、こんな状況では感染が深まるのではと不安になる。街中に出歩く人は何だろう。コロナの事解って出歩くのか。オリンピックも残す所少なく期日が迫っている。状況が皆目解らない。まるでなる様になるさとしか表現出来ないか……。

この世の在籍期間が長いと、それなりの事柄がついて廻り、結果結論も出ぬ問題と格闘。何処かで思いを導き出さねばならない。何事も始める時よりも終り方が難しい。仕事は仮の姿だけに問題ないが、人間の終り方は人様々。

相撲が始まった。久しぶりの名古屋場所、地方巡業は2年振りで地元のファンは喜んだと思う。年中行事の一つが欠けるだけでおよぼす影響は計り知れないものがあると思う。コロナ禍と自然災害が人におよぼす翳りは時間と共に、この所降り続く雨の如く地面にしみ込む。

横綱白鵬は品格に欠ける　勝てばいい取組に品格が欠如していて違和感を覚える。心・技・体が備わっていなければ横綱としては如何なものか。取組がきたなく人間性を疑う。

近郊の伊豆山で悲惨の崩落事故。気候借景も申し分ない土地で災害が起きるなんて誰が想像しただろう。いつ何処で何が起るかわからない、神のみぞ知る。気候変動を招いたのも人間。原点に立停り見直す必要を思う。

久しぶりになじみの店に一人で飲食。酒の提供7時まで。早目に飲ませて貰い6時30分頃終り、心持良く帰った。店自体大変な様子。時には寄り道するのは必要。家飲みばかりで気分が重くなったので無駄を承知で。人には無駄が必要なのだ。元気に仕事に励むために。無駄使い大好きな私です。

ワクチン接種2度目済んだが全く反応なし。むしろ1回目より軽く感じた。腕が多少重いかな位が半日で全く日常と変りなく、打つ前の方が気分重し。悪い話ばかりが耳に入り、テレビなども良いにつき悪しきにもこれでもかと報道は迷いの元になるので、ほどほどに。

緊急事態宣言も何回もやっているし、2年にもなるので、根拠のあるデータが出ても良いと思う。何のデータも示さず宣言が最優先では従わなくなる。お願いベースではなく、しっかりしたデータを示し、これがこうだから従ってくれと言えないものか疑問になる。我が日本はそこまで劣化しているのだろうか……。

休業している店多く見受ける。夜は休みにしています。店側も利用客もとまどい困惑している。酒が槍玉になり、全くしまらない話。緊急宣言とラッパ吹けど従う前に不満続出。経済は疲弊し憤懣やるかたなし。その矛先はオリンピック後の選挙に向けられるだろう。

令和3年／2021年7月

猛暑　急に暑くなったので体がついていけない。暑さに体が慣れるまでは冷房は過し易いが、足元が冷えてやり切れない。自分なりの対策講じ　この夏を越さねばならない。昼間は汗をかき適当な冷房なら良いが、どうも一日冷たい部屋で暮らすのにはいささか抵抗がある。これが昔人間の哀れさかな。

コロナ感染者数を毎日報道しているが、数を知らせて収束するだろうか。いいかげん次なる事に知恵を出して欲しいものだ。２年間も同じ事のくり返しでは誰も何も考えなくなってしまう。感染者数がどんなに増えてもアアそうなの、で済ませてしまう。結局は一人ひとりが自分の事は自分で守る心構えが必要で、コロナと戦う姿しかないのだ。負けられません、勝つまでは！

オリンピック休み　人流はげしくこの後の感染者増えるのは目に見えている。高齢者はワクチン打った人が多いが若者はまだ。ワクチンは万能とは云えぬが、打つ打たぬは安堵感の問題。自分がうつるよりか人にうつさない事が肝心。なのにオリンピック開催。結果如何に。

オリンピック放映　メダル何個とか言い各局共競っている。短期間とは言え、報道すべき事柄はあるはずだが、その他の事については見向きもしない。オリンピック一色。これも一つの流れかと、じっと終るのを待つのみ。時差がない所で競技がやれるメリットもだが、日頃のたゆまぬ努力、選手の活躍は素晴しい。

## 2021年【8月】

コロナ感染者が増え、とどまるところ知らず。報道ではおびえる若者もいる様だが、重症化しないと思い込み人流はますます多くなり、ワクチンに対しても副反応を嫌がって打たない人が多いと聞く。声高にお願いベースでは聞く耳持たず、予期しなかった様な強い処置を講じない限りこの現象は収まらない。

オリンピック連日メダル何個取ったかと報道合戦。開催地出身の選手はやはり有利だ。時差はないしコロナ禍で外国人選手の規制も厳しく体調の管理は難しいだろうと思う。標準を合わせて練習してきた選手の気持も状況も解るが、終ったあと何か問題がなければ良いが、すっきりしないモヤモヤ感が残る。

東京の感染者の急激な増え方。原因は良く解ってない様だが増える恐さ。緊急事態宣言4回もしておりながら相変らずの発信の仕方、なぜ緊急事態の内容を具体的に示し、こうだからこうしてくれとはっきり言わないのか。今は強いメッセージを伝える時である。

令和３年／2021年８月

手賀沼畔に昔からのうなぎ屋があり出掛けた。例年になく昼客が多く忙しい。夜は休みにしていると、喜んで良いのか複雑な心境と語っていた。今年はうなぎの値段は安いそうだが、実際は値上りしている。話題になっていないが8月に入り値上りラッシュ。先の見通しもつかぬ今の状態で不安要素が増えた。

夏行事　花火が今年も中止、淋しい限り（8月第一土曜だった）。人が集って夜空を飾る手賀沼の華を愛でて片手にジョッキ、楽しんだのも2年間もコロナ禍で出来ない風物詩が欠けるのは限りなく淋しい。来年を心待ちしコロナ収束へ祈るのみ。

感染者増加で医療逼迫、自宅療養を基本としたい政府の会見が行われ、内容が現実的でなく全く無理な状況と国民は受取った。丁寧に説明と強調すれど会見で目が浮いて居り言葉が伝わらず、リーダーとしては『?』、単なる頑固さだけが目立つ。要は一人ひとりが自覚して自分を守る、他人に移さない心がけが必要。

オリンピックも終り宴の後の強者どもの夢のあと。コロナ感染者増大、感染力が大きいにも関らず人流は多くこんなに人出が多くちゃと思われる。自粛が長いと言えど一寸位いいだろう感覚が迷惑の要因。若者にとって今出歩かなくてもチャンスはいくらでもあるはず。何でそんなに急ぎ過ぎするんでしょう。いまだ不要不急外出は避けて下さい一辺倒。データを示し国民を説得と納得。命を守るとはお願いベースではまたかで聞く耳を持たない。言葉が大切、国民の心に響かない。言語力の大切さをこんなにも感じたことは今までになかった。

緊急事態宣言　都市名が出されたが今回も手ぬるい。またかで誰もが聞く耳を持たなくなっている。感染力が強いと解っている。発令するからには具体的に強いメッセージを発信しなければ。1年7ヶ月も経っても病床一つも作っていない。言葉遊びしてるんではないわよ、と言いたい。

オリンピックが終ると同時にロックダウンすべきだった。学校は夏休みと盆が重なり、この時を逸すると強い処置は取りにくくなる。政府のする事は後手ゴテ、まったく泣きっ面に蜂。誰かさんの顔に蜂の一刺しで目が生き生きとするかもね。

豪雨災害の傾向として10年前位と平均年間発生数は1.4倍に増加、昨年も熊本を中心に豪雨が発生、甚大な被害となった。今年も梅雨時の様な西日本から東日本の広い範囲で記録的な大雨で避難情報出された。抜本的対策が急がれる。梅雨末期のような長雨。線状降水帯となり日本列島は甚大な被害にあい、毎年の様に災害が繰り返されている。原因究明の上対策を講じないと。自然環境の見直し、林業農業漁業、原点に戻り治水、河川コンクリートの排除、林木は広葉樹への見直しと地球温暖化問題を丁寧に取り組まねばならない時期にきたのでは。

8月19日は俳句の日。語呂合わせ一句ひねれども言葉なし。「さき見えず　豪雨コロナの葉月かな」全く才能なし。時にはこんな遊びも。盆も正月もないにほんとうの惨憺たる現状。被災にあわれた方々、お見舞い申し上げます。

令和3年／2021年8月

## ２０２１年【９月】

庭の雑草が目につき気になって、休日に早起きして雑草にたたかいを挑む。今の時期、草も花を咲かせ実を結ぶため根を張り全く取りにくく、倍の力がいること知った。自然とは理にかなっているんだと、やけに感心。これもコロナで時間が出来た事で満更でもないかなあ……。

政局が不穏な動き　はたしてどうなるか。総理候補何人かあがっている。ドングリの背比べ、特筆すべき候補者がいない。井の中の人選で総理を決める、国民は蚊帳の外。外野から三文役者が演じる劇を見ている方はそれなり面白い。ついに政治もここまで劣化したか。

長月に入り天気も急に変り　コロナで連日気の休まる暇もなく月日だけは容赦なく過ぎて行く。誰を恨む訳にもいかない、相手が目に見えないウイルスだから、自分で自分のみを守る暮し方過し方。とにかくうつらないうつさない、そのための自己管理。

何回目か忘れたが誕生日に、花を頂いたり好物のチョコレート覚えていてくれて、こんなにしてくれて心からうれしく感謝感謝。お祝いされる事は少なくなっているが、祝って貰える事はウレシイ。役立たず迷惑をかける事が多くなるので、祝われる事が……これを機にもう一段元気に過そうと思った。

テレワークとしゃれ込んで平日に家に居た。気持が落ち着かず中途半端で、慣れない事もあり思った程何も出来ず無残な気分で、やはり毎日出社し仕事場の方が落ち着ける。出掛け帰宅して一日の仕上げに好物の酒はやはりうまい。昔人間はこれだから困ると思いつつ。

今日は重陽の節句。生憎の雨、コロナ禍で外出もままならない昨今、昔風に催しをして楽しむも一興では。菊酒、菊風呂とシャレこむかな。

相撲が始まり何か変。気のせいか見ていて盛り上がりに欠ける。オリンピック参加選手の短期決戦勝負を見たせいか、15日間の勝負は一日一日が勝ったの負けたのと悲喜こもごも。調子が良い悪いがあるはず、何とかケガせず日々励んで欲しい。

北の富士さんの解説は楽しみの一つ。オシャレで格好良く年齢の風格もあり。世の男性も年を重ねるに見習っては如何？



自民党総裁選　連日各メディアで報道され自民党にかなり宣伝効果。国民に嫌われた恨み節が俄に脚光を浴びている。世代交代期に違いない。選挙のための顔選び、国民に人気のある人にあやかろうと必死の議員さん、人気投票に終らず、日本国の行末、国民の安心安全、発信力強いリーダーを求める。

照ノ富士と宇良、番付の差は大きいが互角に組み合う、面白い。若手の成長が著しく頼もしい。テレビ観戦で楽しんでいる。この世界も世代交代が伺える。政治も思い切って若返りを図りたいものだ。派閥の長老は静かにしていて貰いたい。

秋の物が店頭に並び食欲の秋　季節の物には手が伸びる。栗、生落花生、果物、うれしくなる。手の込んだ美味しい物が出まわっていても、子供の頃に食した素朴な味が忘れられない。これが年寄りかな。

白鵬引退のニュース　長きにわたり横綱を張り、筆舌に尽くせない嫌な事も沢山あったがお疲様でした。誰も真似できない程の年月、相撲を横綱としてきた事は立派であるが、人間的には好な横綱ではなく、親方として弟子に変なこと植えつけて貰いたくない様な一人である。

緊急事態宣言が解除される。うれしいのか、はたまた大丈夫か。人流が盛んになれば感染力が増し不安の日々が続くのでは。出歩ないこの生活が定着してきたらそれなりに暮せる。経済活性化するため秋の夜長を楽しむ宴も悪くはないか。

しばらく振りに日本橋のデパートにどうしても必要な物があり出掛けた。昼間の時間に人が居ないのに驚く。店内は閑散として地下の食料品売場も客数は少ない。消費されず経済は廻らないはずと思った。かと思うと我家の前の家はウーバーが毎日の様に運んで今様だなと思っている。

自民党総裁選　無難にとおさめた様だ。改革と銘を打ったが、勝馬に乗った選挙用顔を選び民意不在。コロナ禍で世の中は変りつつある。思い切った変革の時なのに、役者の老齢化が目立つ。自民党と言う劇団の一幕物芝居見せられた。

世間的にはコロナ感染者が減っているが、このところ近くで感染の話を耳にする。ついに忍び寄ってきたか……。解除とは喜しい事であるが、一気にゆるめたら恐い。朝電車でマスクしてない人見かけ驚く。一気にゆるめるとは如何なものか。うつさないうつらない自己責任で。

## ２０２１年【10月】

解除と聞くや待ってましたとばかり出歩く人多し。朝通勤時は混むので時差通勤は続けようと思う。朝が辛くなるがそこが我慢のしどき。全く先の見通せない日々、ここまで辛抱したのだからせめて寒い時期はおとなしく様子を伺うことにしよう。

スリーエー内閣誕生　はじめはマスコミも褒め言葉、次第に辛口と変る。変り映えのしない顔が並ぶ従来型。はたしてコロナ禍の世の中で国民の安心安全を守り抜けるのか。先ずはお手並み拝見。

新政権は御祝儀で相場は上がっているが、反して株価は下がっている。選挙結果で評価は定まるだろう。有権者の一人として与野党共全く頂けない。この憤懣を何処にぶつけたらいいの。投票棄権はしないが、悩むところである。会見の第一声で発足をはっそくと言った。これからは『はっそく総理』と呼ぶか。

街を歩いて活気が出てきた。飲食店は明かりがつき、業務用スーパーでは酒が売れていた。良い事で経済が動き出す。対策をしっかりやっている所は、それなり安心であり、久方振りに外飲みの楽しさを味わった。

今年の10月は暑い。衣替はなかなか出来ない。温暖化がすすみ春夏秋冬の秋はなくなるのではと思える。暑いと言っているうちに急激な寒さ、冬到来なんて事に。服装選びが大変になって行く。心地良い秋風にふれもせず日本の四季は消えゆくのか。

朝、駅附近で道を掃き清めている人見受ける。千代田区は歩きタバコ禁止されているはず、ましてや吸殻ポイ捨てはご法度。それなのにかなり多く捨てられている。規則を守らないヤカラが如何に多いか。強く反省を促したい。タバコは体に害だと言われても吸う人があとをたたない。残念だ。

選挙戦の火蓋が切られた。与党か野党かの合戦は歴史に残る激戦であろう。勝馬に乗った現職議員、勝つため候補者絞る野党、有権者におもねる候補者。政策的議論はなく、揚げ足取りに主旨。国民不在の中で、その様子が目に浮ぶ。

自宅近くのそば屋にしばらく振りに顔を出した。しばらくでした、元気でしたか、合言葉。ようやく酒を出せるようになりましたと。家飲みを楽しんでました。これが挨拶。そば肴で熱燗を味わい、心地良い一夜でした。

選挙で党首の演説を聞いていると、保証金、分配、賃上げ、国民が喜び飛びつきそうな事が羅列され耳を疑う。こんな公約して出来るの。耳ざわりの良い言葉だけには気をつけ、すべて見極める姿勢が必要である。

朝まだ明けきらぬうち家を出る。静まり返っている住宅街、靴音のみ急ぎ駅へ。大分慣れたコロナ禍での経験。生活のリズムも定着し、一日は朝が如何に大切であるかを知り、むしろ前より体調がいい様に思える。生活のリズムは大切であり、健康に日々暮せるか身をもって体験。

ヤクルトが6年ぶりに優勝。どんなにこんな日待っていたか、梅チャン。健在だったらその喜びの様が目に浮ぶ。祝福の陰に涙。熱狂的ファンは歴史が違う。神宮へ連れて行って貰った想い出。天高く諸手をあげて喜びの旗を振っている事でしょう。梅チャン喜んだでしょう!! 皆の合言葉。

テレビ報道合戦、静かに見守ったらと思える。民衆に知らせる事柄は他にも沢山ある。生き方貫く姿は痛々しい、理解の外と思える。常に注目され続け、自由はあってない日々の暮し、束縛された日常。結婚という二文字に自由を求めたのだろう。人の噂も75日、その頃は外国でしょう。心安らかにと祈る。

夕方駅前で枝野党首がいきりたって演説して居り、辺り構わず大声で全て騒音そのもの、耳をつんざく音声。説得力を持って話していれば聞く耳持つが、ウルサイ一語。荷物が多いのでタクシーをと思ったが乗り場が占領され全く使えない。一時的な事とは言え少しは住民の事を考えて欲しい。

今更ながらコロナ後遺症は恐い様だ。味覚障害、何を食べても味がない。砂を噛む様だの言葉あり。疲労感、息切れと。老い先短いので毎日おいしい酒と食物を楽しんでいるが、一日一日がコロナ対策を心掛けて、仕事も頑張り毎日を大切に暮している。

## ２０２１年【11月】

終ってみれば強者どもの夢のあと。喜ぶ者泣く者、この時だけは有権者が一票の重さを感ずるかもしれない。余裕に見えた野党々首、与党の悪口に熱弁ふるい聞きにくかった。こんな選挙戦で良いのだろうかと疑問を抱いた。

現職の幹事長が落つ。比例で復活。前代未聞の出来事。有権者が賢かったのでは。グズグズグチャグチャ言い訳ばかり。した事は消えないのだ。自分に甘く他人に厳しいのではと思え、ここにも政治家の劣化が気になるところ。

今回の選挙で、お父さんとのご縁で選挙区は違うが応援していた人が当選したので喜んでいる。落選し苦労しながらコツコツ努力した甲斐あり。健太さんオメデトウ。健康に気をつけて国民のために働いて下さい。あなたなら必ず結果を残すでしょう!!

住まいのゴミ捨てネット出しを引き受け、場所も提供しているが、捨てる物が曜日で決まっているのに、無視して何でも捨てる輩が。回収されないで放置され、処理に困る。少しでも地域のためと引き受けているが、いつやめても良いという約束で、こんな事が続けば断らなければと思う様になっている。

令和 3 年／ 2021 年 11 月

久方振りに映画へ「老後の資金がありません」入場者が多く驚く。解り易いし面白い。思わずクスクス笑いがでてしまう。草笛光子きれいで若い。年を重ねるなら若々しく着る物も明るい色。何よりも驚くのはパンプスはきこなす敏捷さ。さすがベテラン女優。きれいな年の重ね方をしようと心に誓った。

暦も残すところ一枚となった。今年はコロナで明けコロナで暮れるのか。今は感染者少ないが、光の見えない手探り状態、神頼み状態。今年は酉の市が例年通り行われるようなので、商売繁盛熊手を求め祈願をこめよう。コロナ収束を!!

久しぶりに従兄に会い互いの年を感じた。生活環境の違いを感じ、なつかしさはひとしおだが、何となく別れの挨拶かなと思われ一抹の淋しさを。互いの重ねた年月を思い知らされた一日だった。元気でこれからを過す事を心から祈念。

深夜放送で「里の秋」を聞き、戦争中戦地での父親を按ずる気持が現れて居た。今の現状は平和ボケ、満足がいかないと犯罪をおかし、18歳までの子供に支給されるお金、貰う事が当然の様に主張している人達。支給の理由は選挙の公約、本当に困っている人を救うのはいとわないが。結局は国の借金、将来の子供達につけが廻る。立ち止って考える時ではないだろうか。

相撲が始まり2年振りの九州場所。興行的には大変な様だが、やれただけ良かったと思うファンも多いはず。しかし酒も飲めず声も出せない、黙って拍手のみ。相撲独特の臨場感がなく一抹の淋しさを覚える。北の富士親方の解説で気分がなごむ。

郵便局に送金払込に行って、22年1月17日から郵便料金新設改定のお知らせなる印刷物を貰う。驚くなかれあらゆるＡＴＭ窓口共預払値上し、硬貨預払も手数料がかかり、各種振込みサービスの利用にあたり現金で払込すると手数料がかかる。銀行は振込手数料を下げている所もある。郵政民営化で値上するし窓口も10時～6時、配達も土日はなくなり、今までは翌日着いていた郵便物はすべて遅れるようになった。切手も値上、揚句シールになり安っぽい切手と化した。全国どんな辺鄙な所でも郵便局があり地域に貢献していた。有用性は理解できるが、今の変わり方は独善的。功罪は果たして何なのか。理解に苦しむ。

久しぶりにサントリーホール　エフゲニー・キーシンのピアノリサイタル。いつも変らぬ雰囲気と、指の魔術師の華麗な演奏を堪能し音楽に酔い痺れ、大満足の一夜でした。いつ聞いてもその音楽性、演奏技術、才能に感銘する。

相撲が面白い。一横綱が安定している。解説者口を揃えて良く稽古していると称えていた。最近の力士は合同稽古といっても出てこない。稽古が足りないからケガ多いと。体が大き過ぎると言っていたが、昔の力士に比べると筋肉でなくアンコ型が目につく。自分の体を持て余して居り、これで相撲とれるのと思える力士が多くなった。

令和3年／2021年11月

人の事は言えない。そう言う自分もデブバーチャン太り過ぎ。先ずダイエットをしなければと今更思う。美味しい物には目がない、しかし栄養はかなり考えながら食べているつもり。食欲あり酒もうまし。健康で痛い所なく、食べて動ければ最高の倖せかな。

天然温泉なる石を購入し満喫している。コロナで行事以外は何処にも出掛けず専ら自宅で過しているので、家で優雅に過すには家の中きれいに掃除し花を飾り、温泉につかってくつろぐ。正解だった。冷え性解消され、酒も食事も美味しく、コロナの心配なく、安心し免疫力アップにつながり快適に暮している。

不燃ゴミ回収の日が休日なので場所を提供、ネットや袋を出す担当を引き受けている。何気なく見ていたら男性が多かった。やさしい‼ 回収作業している人達はさすがと思う。瞬時に仕分け分別し集荷出来る出来ない見分けるその手際の良さ。長年積み重ねた手練の結果かと感心してしまった。

カレンダー発送の時期到来　年々数が少なくなり、差し上げたい人は多いが送れなくなった。生活環境がかなり変り、スマホ処理の人が多くなりカレンダーが必要ないという人も多い。生活スタイルを見直す時かも知れないが、習慣でカレンダーを眺めるのは癖の一種かな。

## 2021年【12月】

何か恐ろしいニュース。変異株が発生している国がある様だ。寒く空気の乾燥により奇病が蔓延する。

恐ろしいこの2年間のコロナ禍、忌わしいニュースに怯え苦しみ耐え忍んで、ようやくここまで、これ以上はと神に祈る気持。基本的な事、手洗うがいマスクを今一度見直そう!!

地元の駅を降りた時、隣り合わせた中学生と思われる学生に「外は雨降っていますか」と聞いたら、窓開けて「降ってます」と。タクシー使えないなあと諦めが口から出た。後ろから「お気をつけて」と爽やかな中学生が居て心あたたまり、捨てたもんじゃないと悟った。

師走となると一年の締めくくり。コロナ禍で明るい話題もなく苦しき事のみ多かりき、小説の一節だが、そんな感じの年だった。耐え忍ぶ冬空の如く、手洗うがいマスクを合言葉に基本励行。歴史上感染症は何度あっても人類は勝ち残ってきたのだ。悲観論に足踏みせず、勇気持って善処すべきである。

播磨屋逝く　名優中村吉衛門、残念だ。大好きな役者だった。ファンになったのは「さぶ」を歌舞伎で観た時から。名優疑いなしと歌舞伎通い続け大向こうから「播磨屋」とタイミング合わせ掛け声かけていた。まだまだ古典の名演技見たかった。

ショック!!　来年の手帳近くの文房具店に買いに行ったが売っていない。何十年と同じ型の手帳を気に入り使っていたのに。手帳を使う人が少なくなり売れなくなったとのこと。ここにも時代の変化が。昔人間には欠かせない物の一つが価値を失っている。細々メモ書くのは脳の活性化につながり書くこ

令和３年／2021年12月

とは手が記憶をより強めてくれると信じてやまない。日記は万年筆、手帳にはボールペン、雑記帳はシャープペンシル。この3点は絶対必需品、手離せない。パソコンで書いていると記憶に留めない。日常のメモは手書で脳のインプットの差が大きいと思っている。子供にもパソコンだけではなく、物を覚えるには手で書くことが必要と思うが、デジタルの時代にと……。

オミクロンが連日話題に　この名を耳にしない日はない。ワクチンがひと段落つき感染者が減り、ホッとする間もなくオミクロン。ワクチンの有効性については不明の部分多く、防御はマスク手洗換気、常に守り暮すしか方法はないようだ。

雨風が強く早朝出勤を迷い、一時間半遅く電車に乗り驚く。前はこんな混雑の中通っていたんだと今更ながら。全員マスクはしているが人混みのすごさ。オミクロンが話題になり確かな事は解ってないが、混雑の車内は不安になる。やはり時差通勤は励行しよう。

返り咲いた議員の挨拶を受け、5年3ヶ月の苦労話を聞いた。来る日も来る日も足で稼ぐ暮しで成し遂げたが、その間の辛酸は我々の想像に余りある状態だった様だ。公認会計士なので国の予算バランスシートしっかり管理し、これからの飛躍を期待する。当選しなければただの人、入れば先生。

長雨が降っていた時、窓開けたら前の家のドウダンつつじが真っ赤に葉が染まり寒空に赤く輝いて居り、普段は使わない部屋の窓だけに一層見事さが目に映り、今年最後の紅葉の美しさを味わい、変る季節に色を添えて主張している植物の見事さに感じ入る。

令和３年／2021年12月

突然朝方に目まいと吐き気をともない、どうして良いか迷いに迷い、じっと静かに横になって9時になるのを待って主治医に電話かけ症状を話し、脳か耳だと思うので親しい病院に手続とっていただき、病院からの迎えの車に乗り診断と検査。結果、脳ではない、経年劣化、疲労とストレスですと点滴を受け２週間分の薬を貰い帰宅。若いつもりでハメはずし、過ぎたるは及ばざるが如し実感。先生への質問、酒は飲んでいいですか、飲み過ぎないようにと……。この際だから思い切って欠勤。本と酒さえあればと日頃から思い、何処も痛いところ無しと健康を過信していたツケがまわり緊急事態。事なきを得て、廻りに如何にいい人に恵まれているか。一人では生きられないのだ。廻りの人達の手助けなくしては、他人の有難味を知り、これも普段の日に家に居た事で少しだけでも気づいた事です。

コロナで振り廻され、少しだけ落ち着いたと思ったら、いよいよ年の瀬おしせまり。この2年間何をしたんだろうと考えさせられる。おびえ右往左往しながら無為に月日が過ぎ、結果を残すこともなく怠惰に暮してしまったと反省しきり。間に合わない。

体調くずしたとツイッターで知ったと見舞され、恐縮しつつ有難いと思った。気にかけてくれている人が居り、こんな倖せな恵まれた生き方が出来、如何に回りに良い人達がついてくれていることに感謝。これを糧に人に迷惑をかけない暮し方、身の処し方をせねばと責任を感じた。

国会も終り記者会見でハッソクと読み上げ誰も注意しなかったのか。一国に総理が読み間違えるのはかなり耳ざわりだ。新しい資本主義などと指摘を受けると簡単に説を曲げ、いい顔をし、全く頼りない、危うさが見える。

# 令和4年／2022年

## 2022年【1月】

寒に入り今年は寒い様に思える。庭の紅梅の蕾が堅く閉じている。暖かい年は年明けに皆花開くのに。霜柱に立って草木も如何にも寒そう、人間ばかりでない事がわかる。天候は寒い時季はそれなりでないと収穫に影響を及ぼす。それにしても今年は雪が多い様だ。雪国の暮しは想像もつかないが、大変な事と推察。

挨拶廻りしたが何となく活気なく、人も少ないし、明るい話題に乏しい。株は上っているが全体的には活気がなく、正月なのに晴着の人が全く皆無。むしろ普段のほうが活気を感ずる。着飾った姿は影を潜め、今から山にでも登るのではという姿、全く普段着。文化が変りコロナにより一層の変り方。外出よりリモートワーク、着替える事を忘れたのではと思える。

相撲が始まった。横綱の安定と、若手の頼もしい力士が多くなり、面白い一年になるかと楽しみだ。朝乃山7月頃から復帰する。かなり番付降下だろうが、相撲が取れれば第二の照ノ富士も期待できるだろう。

寒中　この時期に乾燥させたり保存食の漬物などするとカビない。不思議な現象。昔から寒中仕込味噌は有名である。オタメシアレ。乾燥野菜、切干大根など毎年つくっているが全くカビない。自然の不思議さを思い知らされる。

はっそく総理、支持率高いと――疑問である。電話調査では固定電話は年配者、テレビ良く見る人。何かと会見場面が多く、そのため他の大臣の影がうすい。一国のリーダーが組織を無視した一部の国民受けのため露出度が極端に多く、目立つ事を優先。時流を良く見極めた行動を……。調査方法も一考する必要があるのでは。ネットスマホ時代、固定電話だけでは調査とは言えない。国民の意見が反映されない。先の選挙の時結果は謙虚に表れていた様に思えた。

大寒　例年になく寒い冬だ。植物も堅く蕾をとざしているが、侘助の白が寒空の朝、凛として咲いている。何と健気な、時と場所を心得ている姿に。自分はどうなんだと恥ずかしながら結論出ず、人間は我儘なものよ。暑いの寒いのと愚痴が先。

首相の施政方針演説の全文、『日経新聞』で読む。誰が書いたか読み物としては良いが、施政方針としては型に捉えられた羅列で、中味今一つ物足りなさを感じた。新しい資本主義って何。良く理解できない。成長、分配、実行できる具体性が見えず。

オミクロンの感染力の強さには驚きだが、全体的に前よりは慣れもあるためか、平然としている人が多くなり、大丈夫かなと不安が募る。とにかく基本をと、備えは必要。日常的に必要な物は取り揃え心掛けている。まん防云々と2年も経ち、根拠のデータも示さず、不安募らせる会見に終始。専門家も奥歯に物のはさまった言い回し。はっきり物言って、政治家はデータを元にはっきりした態度と言葉で、国民が理解する説明を求む。

原油の値上り　生活に直結する。国はガソリン補助金を出すと。一種の価格統制と思える。このところの食料品の値上りラッシュ。賃金は上らず、国民の我慢も限界がある。経済を考えるなら思い切って消費税を下げるべきだ。消費は伸びますよ。

## 2022年【2月】

マスク選びが米国ではオミクロン株流行への対処と問題視されてきている。それに引き換え電車内で必ず炭層布製やウレタンマスク着用している人を見かける。感染を本当に防ぎたいと思うなら適切なマスクを着用しなければ、と感染症専門家は言っている。マスクのタイプが違えばウイルス防ぐ効果も違う。不織布製マスクの上に複層の布製マスクをしっかり着けると良いと、マスクは役に立つと言っている。なんでも着けてれば良いではなく、しっかり見極めて着けるべきだ。

3回目のワクチン接種の案内が届いたが、打つか打たざるか迷っている。オミクロンも今がピークだろう。異物混入させるのだから何等かの反応があるはず。2回目までは何の反応もなく済ませたが、3回まではいささか信じがたい。8ヶ月が6ヶ月になったり何のデータも示されない状況下、迷って当然。

コロナ禍で家計調査の消費支出動向を目にし、やはりコロナ前と後では食事代は27%減、飲食代は77%減、パック旅行は82%減。経済が立ちゆかない状況が判明している。すべて消費が伸び悩んでいる。チマチマ支援制度でなく抜本的に思い切って消費税下げて、いずれ上げるが今は下げると思い切れないのか。

休日雪降る予報の曇り空に、紅梅が何輪かほころび、ようやく名のみの春がと珍しく鶯が二羽、紅梅を啄ばむ様子をしばし眺めいった。用心深い鳥が安心の現れかとしばし眺め入り。安らぎの時でした。

真っ赤なトマトとイチゴ頂き、あまりの見事さにしばし眺め入る。四季がなくなり寒い時に赤いトマト、石油が値上りしていて夏の食物が今や盛りと、すべて石油を食べている。この際人も原点に戻り、夏の物は夏に、春の食べ物は春にと、その時期と体に合った自然に戻す良い機会ではなかろうか。

ベットの稼働率は高齢者が占めている。世間での働き盛りを優先的に入院させ、高齢者は生きて社会につくし一種の役割を果たしたのだ。役目が終った事を自覚し、世のため人のためとの潔さが欲しい。高齢者の仲間入りしているので、その覚悟は出来ている。

3回目のワクチンは打たない事にした。それより自己免疫をつける事が大切、生活リズム、食事、バランス感覚で。寒いからと怠惰な暮らし方はご法度。家に居る時間が長ければ寧ろ喜び、楽しみを見出し今まで出来ないと手つけずにしておいた事整理し、生活を見直す良い機会だと捉え実行に移すチャンス到来。

週休3日制にしているが、やる事多く全く時間が足りない。寧ろ忙しさを楽しみと捉え、やれる倖せこなせる至福、達成感の喜びが増し、体を使うので良い運動になっている。適量の疲労感、終ったあと夕食での一杯の酒がまた格別なうまさ。

今まで生きて来た中で、やむをえない時以外、人に会わない暮らしはなかった。常に廻りに人が居る暮らしぶりであったし、それがあたりまえの日常。相手が居る外飲みが、今は専ら家飲み。その良さが解り、生きざま生き抜く姿、見つめ考えられる機会到来と、酒をより美味しく味わう日頃となった。

令和4年／2022年2月

このところ寒さは今まで経験した事がない。不燃ゴミ収集の日なので市役所から袋配りが午前4時25分頃、夏でも冬でも来る。頭が下がる。5時頃出掛ける人がいつも捨てるので、早めに袋を並べ場所を提供している。少しでも地域の人に役立つことをと。

好天に誘われ、遊歩道散歩する公園内、かなり人が出ており、晴空の元、ボール投げ、犬の散歩、談笑しながらの食事と、平和でなごやかな雰囲気。日本は平和だ。コロナは何のその。ウクライナは他国の出来事と思ったら大変である。資源のない日本、政治、経済と、国民は足元を見つめ直しを。

## 2022年【3月】

マイッタマイッタ……みずほ銀行は窓口業務が予約制なので、予約時間に行き窓口に告げると、予約されていないと。予約完了のお知らせ届いて居り、文句を言い順番は取れた。今までより窓口が少なくなり、ATMも取り外されて居り、極めて不自由となりアキレタ、言葉なし。約60年位、富士銀行の時代から付き合ってきて初めての経験。何か悲しいものを感じた。

急に春たけなわの陽気に早変りし、あの寒さは何だったんだと感じる。ヌカ漬の手入しようと見たら、全くの冬眠状態。自然に目覚めるまで静かにしておくかとヌカを補充した。古漬をカクヤにして食べたら美味しく、暖かくなる日が待ち遠しい。

値上ラッシュ、ここでもか。国税消費税事業税納入に銀行で手数料取られ驚く。今まで一度も支払ったことなかった金融機関の手数料が高額になってきて驚く。零細企業で細々稼ぎ、税金支払っている人に振込手数料を取るとは何たる仕打ちかと。愚痴を言いたくなる。

早咲きの桜が咲き始め街並みを賑わしている。例年にない寒い冬で、近年経験してない。こんな年は夏場は猛暑とか。それで平均値をとり気温は成り立っていると耳にした。一理あるなと頷ける。予報士は毎日伝えてくれるが、風の事はあまりない。風当たりの強い所に暮しているので風には悩まされている。

ウクライナ問題契機に物価がジワジワ上り、働けど働けど楽にならず、じっと我が手見るなんて光景が迫っている。平和ボケの日本人の何と多い事か。スマホに明け暮れ、慎み努力忘れ不平不満、うまいのまずいの暑いの寒いのと、○○のために自分は苦しいと他人のせいにする、こんな輩が多すぎる。

戦争に巻き込まれた民族の悲劇、目の前で肉親を失う悲しさ。戦後80年ならんとし、日本人はその悲劇が他国の事と思うだろう。耐え忍ぶ思いやりの心、今立ち停まって考える時期ではないか。

令和4年／2022年3月

ウクライナ問題、迷路に入り狂人の犯罪。世界各国の援助NATO弱い。日本の援助は防弾チョッキ他その程度の品。B—29に竹槍、バケツリレーで消火。その光景がよみがえる。相変らず何も出来ない日本。ウクライナ問題は対岸の火事ではない。目の前には北鮮のミサイル攻撃演習など何も出来ず、臨時ニュースを発せるだけの日本、あまりに情けない国に思える。戦争の悲惨さ、77年前に身をもって体験している国なのだ。忘れられて生きている。平和で恵まれた暮しが日常であり、終戦記念日だけにとどめないで、今一度ウクライナの悲劇を我が事の様にとらえる良き機会で、国民一人一人が他国のことと思わず自分達の出来事と考え直すチャンスでは。

日増しに諸物価上る。物資の輸入出来ず、如何に日本は諸外国に依存しての生活か。資源なしエネルギー食糧と、またたく間に立ち行かなくなっている。賞味だ消費期限だと言って食品ロスで捨てていた。売る側も買う人も如何に無駄を少なくするか、賢さが必要では。

温かな良い陽気になり、こんな日は散歩しなくては筋力の退化に。だが風が強く外に出たら花粉を一身に浴びると、悶々と考えをめぐらしていた時、宅急便で大好物の落花生届く。家飲みが多く好物が必要だろうと、全く有難い。ウレシイ!! 連発。好物品を覚えていてくれて思い出して贈ってくれる人がいる事がウレシイ。これが若返り法かな。飯沼さんアリガトウ。

「生きがい」何かと話題になっている。何にしても目的を持って取り組み、例えばお家時間が長くなり、生活の場を如何に快適に過すか。掃除片付け専念し、よりキレイに整理整頓に全力を傾け、気持の良い居場所をつくる。生きがいの一つ。先ずはこれから始めよう。

朝目覚めの時、一日のやる事の計画を立て動く事。働く事への意欲を持つ努力。ボーっと暮してはいけない。マンネリは特に脳に悪い。毎日自分の暮し方生き方を考え反省が必要。テレビを見る時間は少なく、読書や趣味を持つ事。目的を持った外出も大切。とにかく忙しく暮らす事。

ウクライナ問題で物価がジワリジワリ上るだろう。食べられなくなる魚。物資が潤沢に恵まれていた日本国。77年前に遡って当時を振り返る戦争の悲劇。本や語り継がれた言葉で多少聞いた事がある位の感じで、何の不自由のない、すべてに満たされた暮らし方。生活の差こそあれ、戦火の中生き残りの悲惨は忘れられている。豊かさが当たり前今の暮し、他国で起こっていると思わず、いつどうなるかわからない国の有り方について考え直す機会かもしれない。

コロナで墓詣りはなかなか出来ない。今年も管理をお願いしている店に電話し、彼岸の入りに花をあげてくれと依頼。快く引き受けてくれたので、一つ事が済みほっとする。何処よりも早く花をあげないと淋しいだろうと、自分だけの気持で励行している。

広田湾のカキを食べ驚く。身が大きく濃厚な味。今までに食した事がなく舌鼓を打つとはこの事かと味わった。関東ではなかなか味わう機会がないのが残念だ。小松さんありがとう!! またお願いね。

令和4年／2022年3月

ウクライナ問題のニュースなどは目を開けて見ていられない。気の毒で他人事（ヒトゴト）とは思えない。日本だって遠い国の出来事ではない。隣国が危ない。話し合いの出来る国ではない。それなりの備えも資源も必要だ。他国を頼りつつも自給の方向性を考える時では。使い捨てをする時代ではない。物は大切に、ゴミは増やさない、地球を壊さない精神。

人事異動の季節、連絡受ける。喜ぶ人悲しむ人、この時期お決まりの状況。身近でも担当者が変る。なじみ親しみ気心が知れた頃異動、これも本人のためか。行った先で花を咲かせて欲しいと希うのみの、今日この頃。

寒の戻りの様な寒さ。うっすらと白く雪が積もり、翌朝は屋根が白く霜に覆われていた。夜中に深々とした寒さに目が覚め、何で!! 今頃こんなに寒いのと驚き。しかし明るくなるのが早く、花の便りも耳にし、待ってました。春よこい。

ラジオで帯津先生の養生訓聞く。先生の大ファン。一言一言が納得、考え方、暮し方、生き方の問題。食べ物しかり。呑ん兵衛にとってはその通り。血圧の薬をのみながら塩分もほどほど、自然体でありのまま、同じ暮し方を大先生もしていると思うと、自分の体に耳を傾け、残された人生楽しく気楽に過そう。

相撲が面白い。横綱休場だけに大関に頑張って貰いたいと思うが、終盤戦ともなると解らなくなってきた。関脇、小結と頑張って居り、若手の台頭面白い。勝負の世界、強い者が上る、弱ければ下る実力の世界。そこに何の感情も挟まらないだけに、応援の仕甲斐がある。

暑さ寒さも彼岸までと言うが、彼岸中の時ならぬ寒さにウクライナと重なり、身も心も寒気を覚えた。世界の危険人物に言葉が通じない。人の苦しみ悲しみなどどうでも、人間の皮を被ったケモノ以下。戦争の悲惨さ、こんな行為を同じ人間が………絶句し言葉失う。

ゼレンスキー氏の国会演説　言葉が豊かで日本人の心に深くしみ、好感度抜群。日本の政治家も書いた物を読み上げるのでなく、自分の言葉で語る姿を学んで、説得力をみがいて欲しいものだ。

花の命は短い　待ちに待った桜もアーっと云う間に散り急ぐ。人流は多く花の下を散策するとコロナ感染が心配でもある。すでにマスクも息苦しさを感ずる様になり。感染の条件は揃いつつあり、ワクチンも呼びかけとは違い3回目は様子見の人が多いと聞く。春の陽気が吉と出るか凶と出るか。

4月以降は値上ラッシュ。食料品、日常生活必需品が軒並みあがる。円安となり、賃金も思った程あがらず、驚くなかれ地方税などの振込手数料が一斉にかかり、郵便局の払込も現金ではかなり高く、公共料金も。我々の生活はどうなるだろう。下がるのは年金。生活必需品だけでも消費税は下げられないだろうか。

令和4年／2022年3月

日本橋のふくしま館に久しぶり立ち寄る。春野菜が並び苦味のまじる野菜で体をシャキッとさせ、春本番と仕事での年度初めの心構えで身を引き締め。時を積み重ねながらこうして人は生きるのかと感じた小さな買い物。

溜池から有楽町まで、霞ヶ関の桜満開。日比谷公園は色とりどりの花が咲き、桜は散り急いだ木もあり。のどかな中パソコンに勤しむ人を見かけ、テレワークの延長かなと思い、平和でのどかな日本。

## 2022年【4月】

あんぱんの日とは知らなかった。今では沢山品揃えされ専門店が揃ってキャンペーンを開いて居り、消費者の嗜好に合わせた品が沢山店頭に並んでいる、見事なまでに。原料値上りも何のその、日本人はもっと米を食べましょう!!

テレビで「清明」と。清々しく明るく輝く節気。空は晴れ花が咲き緑が日々濃さを増す頃と言っているが、晴れると言った割には寒い。なかなか薄着にはなりにくい。毎日の様にウクライナのニュースを目にし、身も心も寒々として陽気どころではない。

城の日（4月6日）と読み　日本100名城が選定されており、すべての都道府県にあるそうだ。だいたい桜の名所である。陽気も良くなると花見といくかと出掛けるであろう。コロナなんか何のその、経済活性化が優先と。行く人来る人気持は解るが不安要素もぬぐえない。

ウクライナから難民20人、政府専用機で来日。どんな基準でこの人数なのか。少なすぎる感否めない。1億ドルの緊急人道支援を決定しているが、難民支援としては多くの人々が悲惨の状況の中で過している。一人でも多く救ってあげたい気持でいっぱいだ。

中国が台湾に侵攻する可能性について。台湾有事の時日本の安全は守れるのか。有事にあたって迅速な判断ができるかどうか。ウクライナが遠い国で起っている事柄ではなく、日本の近くで武力攻撃が発生する要素をはらむ事態を議論すべきでは。

令和4年／2022年4月

ロシア産の水産物の関税上がる。経済制裁強化のため。最恵国待遇を撤回。残虐行為の国からの物は食べなくても生きていられる。日本人はイクラ、カニ、紅鮭と騒ぎ立てる。日本沿岸でとれる新鮮な魚を食べ、魚の美味しさを味わったらいい。

それにつけても原発処理水海洋放出はやめて欲しい。処理水の問題は国を挙げて知恵を絞り解決策を練る必要と、安易な補助金政策にしてはならない。最近新聞報道はやたらと補助金事業が目に入る。安易な政策で片付けて欲しくない。いずれは国民のツケとなる。

何気に道の端を歩いていたら石楠花、真っ赤に色鮮やかに咲き始めた。我孫子の桜は今満開、少しの風でも散り急ぐ風情。今花祭り厄除し無事なる日々を過したい。

食品売場でも量が少なくなってきている。料金は変らず。第一段階として量を減らし、そして量が少ないまま料金を上げるので実質30％位値上りの状況である。コロナ、ウクライナ問題で急激に世の中が変る。どう対応するかにかかっている。

消費者も賢くなり体に最も良いとされている旬の物を食べるべき。季(とき)知らずで真冬にスイカやイチゴ、キュウリ、ナスなどは食べなくても良い。春には春野菜、夏には体を冷やす食べ物を。暖房ガンガンして半袖でいる人見受ける。資源のない国、先ずは一人一人がそれなりに気を使うこと必要では。

ヌカ漬のヌカ子が美味しくなってきた。冬眠から覚め活発化して、大根の半日干、キャベツ、カブ、小松菜、美味しい。朝晩の手入れ時には麹、酒粕など塩とまぜ入れると一層発酵がすすみ美味しくなる。自分流のやり方。自慢できるものは何一つないが、ヌカ漬は自慢の作品。

桜も日本古来の八重桜になった。遅れ気味に咲き、それなりに主張して見事なまでに咲き誇る。暖かくなり一面に花が咲き、満開だった木々が葉桜になり、見る人を楽しませてくれて、こんな光景を何年見てきたんだろう。年の感じ方が変っている。

日毎にウクライナが焼け野原に。残骸の光景が映し出され見るに忍びない無残な姿。戦争の悲惨さ苦しむ住民、70数年前の日本でもあった。負けられません勝つまではと唇を噛み苦しみに耐え忍んだ。一人の権力者の思いから不幸な人々を苦しめ悲しませ、罪なき人たちを戦争の悲劇へ。

春は梅で始り山吹で終ると　七重八重花は咲けど、春の終わりは天気が定まらず、冷たかったりで、予報では暖かくなりますと朝のニュースなどで耳にし、それなりの服選びで出掛けてくると、思わぬ冷えにとまどう。今頃の陽気は予想がつかない。こんな日を何回かするうち気候が定まるのだろう。毎年経験しているのに相も変わらず。ああこれが菜種梅雨かな。

街中はコロナが収束したかの様子、マスクはしているけど人出も多く、イベントも行われている。おびえ苦しみじっと耐え、何も行動起さないよりは、むしろ活気が出て元気で前向きに暮す方が精神的に救われる。それには自己免疫力をつける暮し方、基本的な手洗いうがいを忘れず、要は健全な日常生活なのだ。

ゴールデンウィークも天気は良くない様だが、今年も何処へも出掛けず衣服の入替。残っている断捨離に注力する週にしようと計画を立てて、辛いと思わず楽しみをどうしたら見出せるか。やってみないと解らない。とにかくやってみる事さ。

令和４年／2022年４月

ゴールデンウィークに入る。五月晴れでしのぎ良く、行楽シーズン到来なのに、例年になく天気も定まらず、コロナも全面収束とは行かない。心晴れて出掛ける気にもならず。雑用に明け暮れ楽しみは酒に。別腸ありの言葉どおり家飲みを楽しもう!!

純白の牡丹が咲き　今年も咲いてくれたかと嬉しい。楚々とした咲き姿美しい。人はこうはいかない。盛年重ねて来たらずの言葉通り瞬時にして立ち枯れるが、その環境の中でどう生きるかはその人次第。

昭和は遠くなりにけり　昭和の日　休日だがあまりピンとこない。戦争の悲劇をまともに受け焦土と化し、原爆が二箇所に落とされ数多い死傷者が出た昭和。ウクライナは決して他人事ではない。その後遺症が今も残っている日本。大逆無道は許してはいけない。ウクライナの平和を祈る。

掛川の茶つみパーティの案内を頂き、今年は開催出来るのかと喜びがわいた。2年間もできなかった、楽しみに待っている人さぞかしと。自然に恵まれ青葉の下、木漏れ日を背に語り飲み、尺八の演奏。都会の喧騒から離れ、何て優雅の集いでしょう。残念ながら出席できないが想像がまた楽しい。

物価高対策が打ち出され、ガソリンなど価格維持に1.5兆円補助だ。電気代値上り負担は全世帯である。限られた予算を全くバラ撒き。補助金有効性より選挙対策にしか見えず。コツコツ働き続け努力している零細業種が顧みられる事なく、世間の片隅で歯をくいしばっている。不満の一ツも言いたくなるこの格差。

今年のゴールデンウィークは出鼻をくじかれた。知床沖遭難まったく気の毒だ。不明者が一刻も早く捜索が進む事祈る。このところの天候不順で台風の様な雨風。気圧病とか急な気圧の変化で体がついていけず。えも知れずの不調を感じた。五月晴れの爽やかさが待ち遠しい。救いは酒がうまいことだ。

## 2022年【5月】

カーネーション届く　もどきの母親なのに毎年忘れず贈ってくれる。佳代チャンありがとう、心にかけて貰いなんて倖せでしょう。何よりも嬉しい。吉田さん一家から、みどりちゃんからも花が届き今年も味わえた。

相撲が始まった。観客を85％、しかしかなり多い様に見えた。観客席がマダラだと相撲の臨場感がなかったが、ある程度観客がふさがっていると良かったなの感想である。前の様に、飲めて声を張り上げて応援できる日を、ひたすら願い待っているファンです。

連休ともなると三密どころではない。たまりにたまっていたエネルギーの持って行き場のない人々の観光地や繁華街の人手が多さに、コロナどころではないとばかり。ニュース見て居りいささか不安になった。検査結果が少ない時は感染者は確かに減ってはいるが、一時的なもの。待ってましたと出歩く人達の方が経済活性化に貢献するし、良しとしなければ。出歩かず断捨離などと格好つけても、どっちが良いかは個人の選択肢の問題で、結論づけは出来ない。

5月は種々記念日が多い様だ。全国的なお祭りや記念日が他の月より多い。催されることは今年はまだ少ない様だが。気候も良くイベント開催には最適な時期だが、多くの人が集るのはコロナ感染との関連で各地で自粛している様子。まだ仕方ないかとの気分は否めない。行楽のシーズン、自由の行動が心おきなくとれたらと思う人は多いだろう。

天気予報は雨の事は詳しくテレビ・ラジオで報道するが、風の事は言わない。風雨とも強いですよと言われればそれなりの対応を講ずるのに、風については何も触れない。風には困っているので一言触れてくれれば対策考えるのに。今時は鉢植の花が庭に置いてある。風が強くなると聞けば家の中にいれるのにと。倒れている鉢花が哀れ。

梅雨が早い様だ。日本列島は梅雨を思わせる天気が続いている。暑くなったり寒くなったりで気圧の変化で、どうも体調がくずれ困っている。この位ではと言いつつ体を動かしている。お陰で毎日酒を美味しいと味わう事が出来、うれしい事であるが、澄み切った青空のもと外で汗をかくのは健康の証。

相撲が実力伯仲してきた。誰が抜きん出るか見当がつかない。上位陣が弱いことは言える。しかし終盤戦ともなれば○の数で運命が変る。上ると下がるでは順位が変るだけでも見ていて驚きを感ずる。ましてや当事者ならその心境は如何にと。一日一番、自分の相撲取りきる、この言葉以外セリフが浮かばない。

暑くなってくるとマスクが苦痛になってくる。日本人は感心の極み、むしろつけてない人を見つける方が大変な位。コロナ禍で3年も過してきている。世の中の状況など鑑みて専門家の意見など参考にして、一人一人が行動する時期に来ているのではないだろうか。

近くの有名なパン屋さんに行った。すべての商品が値上されていた。もう一段階上げ幅があると思っている。常日頃米を主食としているが、時にはパンをと思い、今のこのご時世では仕方ないことと思ってはいるが、全商品値上されている。必然的なものもあるが便乗値上もある様だ。

メモ魔　ノートに書き込む事でしっかり記憶に留まる。大事な事大切な事は努めて手帳に書き込んでいる。長い習慣でそれが普通になって居り、その為かかなりな記憶力と思っている。自画自賛だが政治家（宏池会）のパーティのお土産がノートとか。どんなノートなのか、私も欲しい。

郵便の配達が遅れ　書類の届くのが大幅の遅れでとまどい困惑している。働き方改革なるものがまざまざと影響している。郵便配達からヤマトを排除した事が大きな原因と思っている。親書云々と、総務省の大きな梃入れで、困っているのは一般市民である。ヤマトなら翌日配達できたではないか。もっと自由化すべきで、利用者が揃って声をあげるべきだ。

物価の値上りが目立ってきた。待ってましたとばかり便乗も多い。先ずは10円～100円位影響のない様な金額で目立たなくしているが、日常生活すべてとなるとまともに響く。金利は上らず物価は上る、庶民はどうしたら良いやら。貧乏人は麦を食え、昔唱えた総理が居たが、その麦は最も高い。米を食う事か。

ご飯が炊き上がる時の香り、何とも言えない至福の気分になる。食糧難の時代経験しているから、今ではお笑い草だが、どんなに白米が珍重されたか、誰も信じないと思う。今や糖質カットを言って食べず米余りの状態。今や日本人は栄養過多だ。本来の日本食に戻り食生活を見直す良い機会では。

コロナで外食の機会が少なくなり、昼食は店に行って食べる事もなく、テイクアウトで持ち帰って食べる様になった。神田の事務所近く、昼はうなぎ、ふぐの専門店の満寿家さん、季節により料理が変る。この店が特にお気に入りで、時々夜はチョイ飲みと言って、気に入った肴でこれまた一興。一服の清涼剤。

最近歩くのが遅くなったのか、若い人に追い抜かれる。自分のペースで遅くとも休まず歩いていれば目的地に着く。転ばない事が大切。一歩一歩踏みしめて歩く事なのだ。遅くとも良い、人生とはコツなのだ。どんなに速い兎も途中昼寝すればノロい亀に追い抜かれる。大地踏みしめ歩く事なのだ。

## 2022年【6月】

物一斉値上　原材料物流費の値上にともなうという理由でアレヨアレヨの間に。一ヶ月位は買いだめや安売りなどの日に買うので悲鳴はあがらないだろうが、電気、ガス、台所に直結する物が明らかになると、ブツブツ悲鳴と恨み節がざわつくだろう。

NHKで千葉特集　我孫子に子育て世代転入者が増えたと。住まいの近所も様変りして広い邸宅はなくなり二、三軒の戸建住宅が増え、若い人達が多く子供の声が響くようになった。また町内会の役員も若い人達が担当し、小回りが敏速で頼もしさを感ずる。鬱蒼とした屋敷はなくなり、時代の変化ここにあり。

気象病には閉口している。気圧が下がると共に体調が変調を来たす。気分が悪くなり目まいがひどくなり、下を向いての仕事がやりずらくなる。これから梅雨時の過ごし方が悩みの種。しかし毎日の家飲みは欠かしたことがない。まだ飲んでいるうちは……。

日銀総裁の発言　一般庶民とかけ離れた思考。この国の経済考えているのだろうか疑問感ずる。賃金は上らず物価高騰、お札は紙切れと化す。年金は？　30年も続いたデフレ、物の値段は下がって当然の生活を送っていた日本人。急激の世界的変化、円安影響、どうなる日本。成る様にナルさ、か。

梅雨寒が続き、野菜の生育にも物価が上っている時、追い打ちをかける天気。大雨になる災害が起らない事を祈りたい。そんな気の重いこの季に、雨に色を添える紫陽花、くちなしの白が早朝に咲き、夕方には散る。はかなさが風情を。夏椿、沙羅双樹の花弁形を残し落ち、雨に打たれている。

久しぶりに集りがあり出席。本当に久しぶりで積もる話で盛り上りよく飲んだ。世の中は活気が出て居り、急激な変り方に驚きと共に人々は待ち望んでいたんだと。普通の生活に戻りたい願望わかる気もするが、海外からの観光客も多くなると経済の活性化につながるが、感染の問題、不安要素は大。

どんな時でもどんな環境に立たされても、人として夢と希望、勇気を奮い立たせ立向う気力、気概が求められる。ウクライナの人々を思うと、まだまだ泣き言を言える余裕があり倖せなのだ。雨露をしのぐ家があり、食べ物も豊かに。暑いの寒いのといえるのも平和だからこそ!!

コロナで家に居る時間が長くなったので、猫のヒタイ位の庭をいじり花を植えたりし、近所の方からキュウリの苗を2本頂き1本は残念ながら折れて駄目になったが、大切な1本は実がなり収穫した。

たかが1本、されど健気に実をつけ、いとおしく眺め続けた。ヌカ漬にして食す事にした。はまりそうな気分。

家の中に花がないと淋しい。切花を切らした事なく活けているが、暑くなると花持ちが悪いので鉢物に変えた。通年性の花だとかなり長く楽しませてくれるので、声かけをし友達気分で毎日ルンルン。

庭いじりに多少ハマリ気味で苦手の土いじりも悪くないな……生物を扱うのでそれなり神経を使う。人間が植物に愛情持って寄り添う事が必要なのだ。

令和4年／2022年6月

諸物価値上りに伴い、今までの使い捨てではなく、高くても品質の良いものを買い、大切に丁寧に扱って長く使う方式に変える時だ。安いからと言って粗末に扱いすぐに捨てゴミを増やし地球を汚してきた。衣服は40年以上使用してるが、何一つとして色あせる事なく、かえって安く感ずる。メーカーがデザインを変えず、多少プリント柄は変っているが、要は雰囲気で着れば良い。

和菓子の日（嘉祥の日）なるものがあったとは。甘党には喜ばしい日であろう。最近の中高年者は和菓子はあまり食べない様だ。和菓子は芸術作品如く感あり、見事な装飾の数々。だが専門店が数少なくなっている。この文化を失ってはいけない。

コロナで外飲み控えていたが、久しぶりに美味しい物食べたいと連れ立って出掛け一献傾けた。心の栄養は美味しい物が効き目がある。元気が出る、従妹から電話あり、そんな会話し笑ってしまい、久々に出掛ける約束した。老女二人とも政治経済がどうのと難しい事は考えない。気ままで行こう。

能登半島で地震あり　このところ日本全国で地震発生あり身の縮まる思い。被害にあわれた方々お見舞い申し上げます。津波が起らなかった事が良かった。瞬時の事ながら地面ゆれる恐さ。せめてと寝室には何か最低限必要な物を背の低い所に置く様に心掛け、革の草履と持ち出し袋は用意してある。

党首討論など聞いても全く変り映えせず。都合良い演説で違和感を覚える。政治家に危機迫る物を感じない。国民の感情とかなりの乖離を感じる。諸物価の値上り円安、軍備増額の問題諸々、国家国民の事を本当に念頭にあるのか。今や選挙のための党首討論かと途中で聞くのをやめた。投票したい党がない。この清き一票　迷う一票。

天気が悪いと体調がすぐれない。体も気分も空模様と同じ様に暗く重い。いかんともしがたく、ひたすら梅雨明けを待ちわびる。真白な八重咲きの梔子が咲き誇り救われる。一夜花の儚さはまた来年も咲いてねと声かけ忘れない。

選挙戦始まり街道での連呼　ウルサイナと思うがこれも仕方ないか。候補者にとっては心懸だろう。

当選と落選の大きな差。この時ばかりは有権者が優越感を感じる。支持する党もなく国会議員の質の問題。本当に国民国家のため働いてくれるだろうか。単なる給料取りなのかと思いつつ有権者として棄権してはいけない。義務ははたさなければ。

スマホ中毒では。夕方帰宅時どこでも寸暇を惜しみスマホの指けりに夢中。歩きながらエスカレーター乗る時も人の迷惑は関係ないそぶりで、ただひたすらスマホ依存症、その結果SNSで知り合ったとかで殺人事件との報道。考えさせられる問題多く。個の自覚を持って甘言にまどわされず、生命の大切さを……。

このところ歩いている時気づくと口呼吸になっている。人気のない所ではマスクを外すようにしている。家の中でもマスクなしの時も口呼吸が癖になって居り、意識して鼻呼吸にしているが、3年間もマスクを手離さないと癖になるのも仕方ないと思いつつ、意識が大切。

令和4年／2022年6月

今年も半年が過ぎ、この間コロナ禍で振り廻され、ウクライナの悲劇と共に原油の値上り、またたく間にエネルギー食料品一斉値上。タイミングを狙っていた企業が有無を言わさず値上げに踏み切った。政府の対策後手ゴテ円安に突入、金利は上らず、このままでは一般人がコツコツ預け入れたお金がただの紙切れと化すのも時間の問題。

追い打ちをかける熱波。梅雨明けがこんなに早いなんて誰が想像したでしょう。熱中症にかからない様クーラーをつけてと推奨すれど、無駄な電気は節約してと。何処に余分なものがあるか疑問。使えば料金が跳ね上がる。ことが起れば資源のない日本、この際一人ひとりが自分の生活を見直すチャンスでは……。昭和生まれだから耐え忍ぶ事は出来る。その環境の中でより良い暮し方、生き方につき、知恵が涌いてくる。甘やかされなかった世代、物価上ればそれなりの工夫、暮し方。物を大切に丁寧に取り扱う。今は使い捨てが主流、日常生活にゴミを増やさぬ心掛を。

## 2022年【7月】

小暑　暑さが増すと称したが今年は違う。すでに本番の夏を体験の七夕、なんて風雅な事は言っていられない。例年にない暑さに身の置き場がなく、体を動かせば汗がふき出る。台風本土上陸、各地に大雨。覚悟していたが我孫子では大雨は降らず胸をなでおろす。被害にあわれた方々お見舞い申し上げます。

この選挙今イチ盛り上りに欠ける。政見放送聞いてもわからない。乱立する政党、顔を見た事もない、声を聞いた事もない候補者、俄仕立に見える。国家国民のために働いてくれるのか。単なる員数合わせ、給料取りに思え、果たして国民の一票のゆくえは如何に。

生れてはじめて自らの手で野菜をキュウリを収穫した。こんな場所でたいした手入れをされなくても実をつける健気さに感動。生きとし生ける物の尊さ。今まで自分は何をしてきたんだろうか。人に感動を与える行動とて無く、何となく夢中で暮し生きていた。今更反省しても、反省するだけなら猿でもするか……。

長年の習性の貧乏性が出て、自分なりの働き方改革ってなんだろう。昭和生れの哀れさ、制約の中で生きる楽しさ。一仕事終ったあとの一献が楽しい。「汝に休息なし」という褒め言葉があるが、暇がない暮しはそれなりに充実して楽しい。

令和4年／2022年7月

夏本番とは言え、海に山に出掛けたい気持はわかるが、コロナ感染者が増えて居り、人流もかなり多く、さもありなんと思いは募る3年間、外出が思う様に行かなかった反動はかなり多いであろう。マスクをかけない人見かける様にもなり、この暑さでは気持もわからないではないが、不安は更に募る。この日本で平和ボケが続いていたさなかに凶弾に斃れる事件が起り、驚きでマサカヤ。好き嫌いは人それぞれだが殺害に及ぶとは。銃規制の厳しい日本で、しかも試し撃ちとは。決して許せる事ではない。

コロナ禍で専ら家飲みになっているが、慣れると生活のリズムが生れて快適である。肴のメニューを考えるのも楽しみの一ツ。おのずと冷蔵庫の整理にも役立つ。夢中で働いていた頃は余裕無く、辻棲合せの暮し方だった。今が最も快適である。

相撲が始まった。相変らずカド番の大関陣にはハラハラ、見ていて辛くなる。朝乃山が今場所から復帰、頑張って上ってきてと祈る気持。番付を上げるのは大変な事だと、だから毎場所黄色い声を張り上げ応援している。会場に行って観る勇気はまだ出ない。

連日各地での大雨　被害もかなり出ている様だ。梅雨明けが早かったが今、梅雨末期の頃の様で、被害状況を目にする度に自然現象にはどうにもならない。なす術（すべ）もなく、ただ注意して下さいの報道のみで、これでは毎年くり返される水難に、せめて火災保険で生活支援資金の一助にとしか言いようがない。

コロナ感染者全国で15万人超え。恐るべしこの感染者数。第7波でも行動制限なしが政府の見解。学校や職場では制限を強化している所も多い様子。3年もかけたコロナとの闘い、個々で如何にすべきか考え対処すべきところに来ていると思う。誰かに指示されないと物事が決められない人にだけはなりたくない。

逸ノ城優勝、遅咲きに思えた。最初の頃は恐い様な体、顔つきだったが途中ケガなどありなかなか勝てず。今場所は違った。たくましさが前面に出て横綱大関倒しての優勝、見事。優勝インタビューもなかなか好感、雄弁に語るよりは彼らしい言葉の表現、誠実が表れて居り、見た目よりずーっと可愛い。

国葬問題でゆれているが、7年の長きに渡り政権を維持した事は国民の支持があったと思われる。本人を好きか嫌いかはあるだろうが、亡くなった方への鎮魂の意味で厳かに葬送すべきと思う。金がかかる云々というが、オリンピックで私腹を肥やした方々を糾弾すべきである。お疲れ様でした。安らかにと送りたい。

コロナの感染問題がかなりの広がりで、今までの体験した事は何だったんだろう。何処まで続く泥濘(ヌカルミ)ぞ。先の見えない不安が大きい。人流制限も無く繁華街も人であふれている。経済の活性のためには特別な規制はしないと。こうなったら一人一人が自分を守る対応をしないといけない。

朝、庭を眺める楽しみが増した。キュウリが姿勢良くぶら下がって居り思わず何て可愛い、まったく健気。生れてはじめて手塩にかけて育てた品。人の丹精こめたものを何のためらいもなく当たり前の様に、高いの安いの新鮮な品がいいのとか、金さえ払えば買える感覚。反省しきり。物一つ一つに感謝をこめて食べなくては、物に対して申し訳ない気持になった。

令和4年／2022年7月

従妹がしばらくぶりに来社。コロナで外出しなくなったが心配になり見に来てくれた。近いところで不幸があり、突然の出来事で驚いた。それがあってか、憎まれ口を言っているいつもの姿を見て安心した様だ。善人になり優しい会話をする様だとまわりが按ずるので、憎まれ口をたたいて生き続けようと思った。

## 2022年【8月】

日中はことのほか暑いが、葉月に入れば立秋である。朝日の出もかなり遅くなってきた。暑いけど日が長いのはいいねと言っている間に秋の気配。月日の過ぎ往く早さは驚くばかり。暑いうちのコロナ感染力の強さだが、寒さとともにもっと感染力が強くなるのではと思うと背筋に冷たいものあびた感あり。

コロナで高齢者は不要不急の外出は避けて下さいと。4回目ワクチン打ったから安心と言っている人見受ける。ワクチン本当に有効なのだろうか、はなはだ疑問。日常の暮し方過し方、免疫力をつける食事、根本的なところ見直す。基本の手洗いウガイ、人混みなるたけ避け、早寝早起き、生活を一時代前に戻す。

4日は二の丑。二の足を踏む猛暑の中うなぎを求める人は多いが一斉に値上。ここまで上げなくてもと思うが他の物がかなり値上りしているので仕方ないか。ますます庶民の口に遠のく。漁獲量も減っている。魚が思う様に食べられない時代が迫り来る日本。

真夏のマスクはかなりキツイ。汗だく。日本人は感心の極み。マスクを当然の様につけて居り、検査もしっかりしているから感染者が多く報じられて居り、他国は遠い昔の出来事の様な感あり。果たしてどうなるか予測がつかない。

全く理由がわからないまま突然左足が痛くなり歩行が見苦しく杖を買った。縁のない品と思っていたが使ってみると便利だ。庇足（カバイ）になると正常の方が痛くなるので、要は筋肉がなくなったんだと覚る。原因不明。加齢と共に予期せぬ出来事が起るんだと。コロナに感染するよりはまだましかな。

この暑さで野菜が不作になって居り、生産農家も消費者も困っている様だ。我家で収穫したキュウリ実に見事に美しい。これまた暑さゆえに成長良く収穫できて、なんせはじめての事なのでウレシクテ、来年はもっと楽しみをふやそうと張り切っている盛夏の一日でした。

長岡の大規模花火（丁度、牧野の殿から暑中見舞届く）。しかしテレビでは見事であるが残念ながら臨場感がない。我孫子の花火（今年はないが）は規模は劣るが、音と空に広がる絵模様が儚く一瞬で消え去る様は、現場近くで打ち上がる花火は格別。我孫子の花火も捨てた物ではない。催される事を願っている。

令和４年／2022年８月

幼児を車の中に置き去り、家の中に閉じ込めで死亡する記事を目にし、人間のする事かと悲しく情けなく、アキレるばかり。2～3歳位の幼児は愛情もって接しなければ、それなりの本能で抵抗する。ペットだって愛されなければ反抗抵抗する。まして人間、自我の目覚めで成長の証（アカシ）で理解せず放置するなんて可哀想過ぎる。

花子というヨークシャテリアと18年間暮した。相思相愛。花子が生死を分ける大病の時、体が冷えたので素肌で温めた。今も忘れることができない。仕事の一番忙しい時期、家を空ける時があり玄関を出る時のあのまなざし、目が物語っていた。そんな時は抵抗反抗した形跡があった。今もその跡が残っている。あの子の存在を主張している。

熱中症、夏バテにはヌカ漬けと話題になっていて、うれしい限り。二斗樽に漬け宝物の様に大切に毎日朝晩ヌカ床の手入れし、漬物を楽しんで酒の肴にしている。田舎の実家から元種を貰ってきて、元祖を辿れば何百年ものである。古漬けになった品々をカクヤにし、塩出ししショウガ細く切った物と混ぜ食する、天下一品。これぞ日本人。

秋の味覚　ブドウ桃と本当に美味しい。最近は特に美味しいと思う。秦野のブドウ頂いた。見事なまでに粒も揃い、美味しい。改良され努力の結果の品と思われる。有難く倖せ気分で食した。

令和４年／2022年８月

世間は身勝手な事件が多い。死刑になりたいから見ず知らずの人を切りつけ重症を負わせる。真実はわからず、これからの捜査になると思うが、人の生命(いのち)をどう考えての行動か理解に苦しむ。身勝手で訳のわからない事件がこれから世の中で起る前触れかと、嘆かわしい。

加齢と共に筋力がなくなってゆく。自分では体を動かし働き使っている様だが、足りない。何倍も動き、体を酷使して並なのだ。衰え方は計算できない位、体験しないと劣化を防ぐ方法を編み出せない。筋力トレーニングに励み日々良くなっている。まだ治癒力があるんだ。ヤルゾ!!

総理大臣がコロナに感染しオンラインで会議等すすめている様子を目にする。休日ゴルフに行き、家族も感染、全く様にならない。その前に外食を毎日の様にしていた。経済活性化の一環とか。４回目のワクチンを打って時間は経っていない。マスクせず人との接触は感染するんだと、身をもって国民に伝えたかったのか。お笑い草。

買い物にしていて客のマナーの悪さが気になる。食料品弁当など手に取って持ち歩き、買わずに元のケースに戻す人を多く見受ける。コロナ前だったらそれほど神経質にならなかったが、今時気にせず平気で手に取った商品を戻す事はやめて欲しい。

## 2022年【9月】

長月　夜がだんだん長くなるとの別名。確かに明けが遅く、暮れゆく早さに驚くが心細くもなる。自然の流れとは言え、人はこうして自然に背中を押され気づかぬまま暮しており歳を重ねている。貴重の時間、明けても暮れても寸暇惜しみスマホ依存している人多く見受ける。時間をもっと大切にしてはと問いたい。

暑くて熱中症に気をつけて、といううたい文句もつかの間、クーラーをつけない夜が続く。嘘の様だ。確実に季節は変わって往き、天高く店頭には秋野菜が並び、果物の品数も増し、みずみずしい梨の白さが心を爽やかにいざなう。

我孫子で花火があがり驚く。何の予告もなかったので誰にも伝えず。夜空一人眺め、音と共に大輪の華が広がる。規模が小さいが夏の終わりに色どり添えてくれて、来年に期待を膨らまし、コロナ収束を願う一夜の宴でした。

痛かった足が嘘の様に治った。筋力の衰えをカバーすべくリハビリに専念し27日で治癒した。杖使わず自分の足だけで歩けた。もっと苦しむかと覚悟していたが思いがけず、こんな嬉しいことはない。日々鍛錬し筋力つけることが如何に大切、必要か。食事すると同じ位、一にも二にも鍛錬。歩く事の大切さ。

全くついてない杖を持たなくなったら座れず柏まで立つ。これも足のためかと思う事にした。駅着いたら大雨、タクシー1台も無く、雨に打たれ濡れながらひたすら待ち続け1時間立ち尽くす。とうとう車なし。雨もやみ自分の足が一番確かと歩き帰宅。いつもながら雨の時は車がない。下心あっての事かといつも不審に思っている。使いたい時使えない田舎のタクシー事情。

コロナの3年間　急激な世の中変化と共に人々の気持も変ってきている。自己主張が強く、聞く耳持たなく。思いやり助けあう、人としての最も大切な心根が失せ、自分さえ良ければの我欲が強く、都合が悪くなるとスマホに逃げ。知ってか知らぬか黄門さんの印籠と化す、これがすべて。

高齢者なんでも相談室　支援課の担当者「寄せて頂きました」というメモと小冊子がポストに入って居り、「お困り事や心配な事いつでもお気軽にご連絡下さい」こんなに充実した支援が行われているのかと驚く。ついに自分がここまできたかと思い知り、全く他人事に考えていたのに有難い反面複雑な心境。

令和4年／2022年9月

杖をついての人間ウォッチング　何日か杖をつき意地悪バーサン電車に乗る。夕方は比較的席を譲られる事があったが朝は全くなかった。譲られる時は年寄りが気使ってくれたが若い人は全く無関心。

スマホか寝ていた。朝は余裕がないのか夜の過し方の反映か。席は譲られるより譲る方が良いが結論。

何回目かの誕生日を迎えた。数えると気が遠くなるのでやめた。こんなにプレゼントを頂くなんて思いもよらなかった。いくつになっても祝って貰えるなんて嬉しいものだ。先ず忘れず今年も見捨てずに思ってくれたんだと、有難いし倖せ気分を心ゆくまで味わった。

長月となり台風の影響で天気悪く、気重の日々が続いている。太陽の光はかなり部屋に入ってきた。朝日の出遅く、日毎に暮れ往く時間も早くなって居り心細くなる。深まり往く秋を感ずる事が身近に起っている。台風の予報、年々気候温暖化に伴い大型台風になっている。

このところ物価値上り　全商品軒並み上がっている。企業も今が上げ時と、理由を並べ何十年も上げずにきた、そのツケは今とばかり。円安も重なり政府は物価対策を講じるべきだ。この際思い切って消費税下げるべきと思う。

七草は秋にもある。春の七草は食するが秋は目で楽しむ。今では古典的優雅さはお目にかかれない日々。現実的で円安だの物価上って賃金は上らず、国葬に金かけてと、目も耳も塞ぎたい話題ばかり。

何気に徹子の部屋を見た。和田秀樹先生が出演して居り、最近何冊か読んだばかり。生き方、暮し方はほとんど同じ様にしている。とにかく我慢しない。憎まれ口は五つ六つ位は平気、欠点満載の日々。取り柄は元気で食欲あり酒が美味しい。他人が見たら認知症かも知れないが、本人は気がつかないから自由闊達に生きている。全く倖せである。

コロナ効果と言えば、酒を飲んで電車を乗り過ごすことが無かった。3年間外飲みは数えても2～3回位、早く出勤し早く帰る励行していた。専ら家飲みで健康的な暮しに徹して居た。良かったのか悪かったのかは結論は出ていない（肴は気を使っていた）。毎日美味しい酒を楽しむ事覚えた。

令和4年／2022年9月

仲秋の名月　宵のうちは空模様が今イチだったが、そのうち満月が顔を出し燦々と輝いて、満月の美しさを堪能。月見る月は多けれど月見る月はこの月の月、確かにと納得し月に見入った。ウサギがもちついている話を思い出し、絵本の世界は夢があって楽しい。

相撲が始まった。休場者も少なく若手がどんどん番付を上げ、頼もしい力士が増え面白くなった。返り咲く力士、下から上の番付目指す力士、悲喜はあれど実力の世界。若手の活躍が楽しみの場所と思える。

休日の早朝、庭の草取りした。雑草との戦い。取っても取っても生命力のある雑草はいつ果てるとも。ウクライナの戦争も長期戦、エネルギー問題、食糧と物価上がり、先の見通しが立たない。円安は何処まで続くヌカルミぞと、覚悟の時代に突入か。
台風の発生が多く、秋の爽やかさを感ずる日が少なく、このところ日中の残暑。収穫の秋なのに天気がどんなに影響するか。物価の値上りと重なり作物高騰か。米の値段は上りにくい様だ。日本人はもっと米を食べればいい。国内でとれる主食をもっと大切に。ご飯の炊ける香り何とも言えない。

従妹と久しぶりに二人で会う機会を得た。コロナで集りがなくなり会うこともなく、自然にそれなりだった。離れていた間のこと、心境を語り、気持を発露した。課題が山積しているので人間として存在する限り、本来のあるべき姿に是非をわきまえる事が、何よりも大切の事を話し、いつかしら時間が経っていた。

日の出が遅く朝5時前は真暗。深まりゆく秋、明けが日一日と遅くなり、日の入りが早く、冬に向っている。今年もこうなったか。人の生き様は変りなく、日々安泰を願いつつ過すのに、地球は動いているんだ。コロナに振り廻された日々、何かと人間らしい暮し方に戻さなくてはと、心があせる。

雀の千声だ　国葬問題でゆれている。ことばかり説明が足りぬ、やりかた問題と世の中が騒がしくしている。亡くなった人に鞭打つ事なく、お疲れ様でした弔意示す心があってもと思える。亡くなった人なんだから。

相撲は毎場所のようにして大関が不甲斐ない。先ず弱い。やる気があるのかと問いたい。頼もしい若手の台頭で救われる。熱海富士を特に応援している。誕生日が一日違いで20歳になったばかり、星座が同じ。連日応援に余念がない。今場所、北勝富士が頑張っている。声援を送っている。闘志のみなぎった姿がいい。残す場所楽しみにしている。

一夜明けて台風の状況がわかるにしたがい、被害の甚大さに目を覆いたくなる。出来秋の収穫間近の米、野菜、果物と、一年丹精こめて育ててきたもの収穫前にして台風の災害。気の毒で言葉がない。気候変動の問題根本的に見直し、対策を講じないとどうなる日本。

政治と金　長い事うたい文句の様になっている。いま宗教問題で大変な日々。選挙に金がかかる、この問題を検討改善しない限り解決策はない。政治家を吊るし上げて云々しても、面白おかしい話題だけに留まる。手弁当で手伝ってくれるし確実に読める票、下心あれば魚心、当然もちつもたれつの関係に進む。

相撲解説に北の富士さんの名があると楽しくなり、今日は絶対見るぞと仕事などやりくりして見てしまう。コメントに味がある、顔を見ているだけで楽しくなる。いい男は得ね。着流しのうまさ、人が求める開放性、誠実性、外向性、協調性とあり羨ましい存在。惚れますね!! 書く位は自由デショウ。

食べて寝て働く、頭を使う。肉体をいずれもバランスが保たれて活躍できる。元気で毎日暮せる日々の大切さ。何か一つ欠けてもそれは果たせない。健康が何物にも勝る。憂喜は心にありか。

晴天に恵まれ国葬も済み、一般の人達の献花後なおも佇む日本人の弔意を示す姿に、何かホッとするものを覚えた。片や反対のデモ大声を張り上げて、主義主張の違いがある事は承知しているが、各国の要人も揃って厳粛に行われている時に。何か他に方法はないのか違和感を覚えた。

深まりゆく秋を感ずる　朝通勤途上、金木犀の馥郁の香りがただよい、あぁ秋だなあ……しのぎよい季節で急ぎ足で歩いても汗も出ず。出掛けたくなる人が増えるのも仕方ないか。季節の移り変わり肌で感ずる、スポーツの秋、行楽の秋はと思えど耳離れしたかな。

国会が始まるがすでに場外乱闘。国葬、統一教会問題、衆院議長との関係とか、ここぞとばかり野党が動き出し。国民の事を本当に思うなら、予算など重要問題をそっちのけで騒ぎ国民は蚊帳の外では困る。高い国費をかけての国会である。野党の存在を示す時とばかりは解らないではないが、迷惑を被るのは国民である事を国会の先生方、良く考えて行動を望みたい。

# 2022年【10月】

朝日の出も2時間近く遅く、暮れるのも日毎に早くなって居り、心細く気持も暗くなりがち。一時代前活躍された方々の訃報に接し、昭和平成と一つの区切りを思い知らされた。芸は道によって賢しの言葉が思いうかぶ。

米生産者は気の毒だ。諸物価値上りしているのに米の値段はむしろ下がっている様だ。半年も手塩にかけ丹精こめて米作りした努力の割には安いと生産者が嘆いていた。これでは農業はますますやり手無くなって行く。日本人はもっと米を食べたらいい。

もう今更使わないと処分したゴルフウェアなどスポーツに関係する物。足を痛めたので八十の手習いで筋力をつけるために鍛えねばと、しかし着る物に困った。「いらぬ物も三年経てば用に立つ」不要になったからと簡単に捨てるものでは。事情が変わって役に立つ事もあるんだと、今回ばかりはしきりに反省。

ミサイル発射と緊急速報流れる。すでに今年になって24回と、やられっぱなしの日本。北朝鮮にあなどられているやに思う。迎撃の技術はあると示す時では。住人に対し建物の中または地下へ避難、窓から離れるか窓のない部屋に移るとは、今時窓のない部屋などなく地下室もない。どうしたらよいの

令和4年／2022年10月

でしょう。

小松さんイタリアに出掛けて居り帰国した。土産にチョコレート持参で来社。マスクは日本だけと話された。国会中継で国会議員の先生方、全員マスクつけ質問答弁されて居り、さぞかし息苦しいのではと思いながら、難問抱えた先生方は顔が半分隠せて、マスクも捨てた物ではないかな。

野菜や他のもの買い物に出掛け　品物が袋詰めにされており中身は均一で変わりはないと思うが、客のなかに全商品と言っていい位、並べてある品物を手に取り眺めまた戻す。なんて事と思い行動を見つめてしまった。加工品などすぐ食卓にのぼる品などは全く迷惑。野菜もこんなにさわられた品、野菜庫に入れて良いものか迷う。コロナ禍で神経質になっているのかも知れないが、モラルの問題。自分でより良い品を選んで満足かも知れないが、他人は迷惑である。こういう人は癖で一種の病気かも。

このところの天気が悪く満月も夜は見られないが、朝西の空に輝く見事なお月様。朝焼けが真っ赤に東の空からのぼってくる日の出は6時近く。秋の日は釣瓶落しと言うが、暗くなるのが早い。コロナの影響で早く出て早く帰るを励行しているが、慣れるとこれも捨てた物ではない。秋の夜長の使い方を楽しむ。

Ｇｏｔｏ 今や合言葉となり予約が取れにくいとか云々と大変話題になっている。人流も多く海外からの観光客も増え、徐々にコロナ前に戻っている様子に喜ぶ人と、これから寒くなるので感染者がまた増えるかと不安に思う人とに分かれるだろう。経済活性のためには静かに見守ろう。

年甲斐もなく筋力をつけなくてはと運動に励み過ぎ、肉体と内臓が悲鳴をあげ思わぬアクシデント。若いつもりはケガの元。いいかげんで励むのが効果ありと実感した。怠け者にその道ありか。

時代が変れば休日に包丁をとぎ　この年になるまで包丁をといだ事なかった。コロナ禍で集りがなくなり人が来なくなった事で頼む人居なく切れ味も悪く、仕方なく、砥石は揃っているので頑張って磨いだ。やってやれない事はないと悟った。経験がなせる技と行くか……。

夕方帰宅時の車内はほぼ全員スマホに勤しむ人でかなり混雑。車中足を踏ん張り動かないので非常に困る。そんな時年配者が杖をついて乗ってきても誰一人気遣う人とてなく、誰か譲ってあげなさいよと言いたくなる光景、年配者が席を譲った。今は年配者が労わり合っている。こんな世の中誰がした。

Ｇｏｔｏ旅行者も増え街中も賑わってきた。マスクはすれど人出は多くなってきた今日この頃。待ってましたとばかり早速電話がかかり3～4人で集る事になった。これも合縁奇縁、肴つくりに励まねば。

令和4年／2022年10月

情は人の為ならずの言葉がある様に、週3回のゴミ出しの場所とネット朝出している。秋雨で寒かった。これからはこんな日が多くなるなぁ……やれるうちは引き受ける事にしている。各自嫌って受け手がいない。順番制であったが残り少ない人生、少しでも人様の役に立てばと引き受けている。物好きの一種かな。

帰宅途中、柏で途中下車しデパートの食品売場、驚くなかれ年寄りが多い。散歩がてらの買い物かなと。体の何処か痛めている様な歩き方に特徴あり。服装もほとんど同じ様な色合い、スカートをはいている人は皆無。年輪を重ねるとこうするんですと自らを示している様に思え、摩訶不思議。

酒は十徳あり　酒は十種の良い所があると　一、百薬の長　二、寿命を延ばす　三、旅行に食あり　四、寒気に衣あり　五、持参に便あり　六、憂いをはらう玉ぼうき　七、位無くして貴人に交わる　八、労助く　九、万人に和合す　十、独居の友となる　昔読んだ咄の中にこんな言葉があり納得。こよなく酒を愛する私です。

急に寒暖差が激しくなり対応に苦慮。日本は四季があり、それにあわせ着る物も用意できたが。昨日まで夏物衣料で済んだが、一日にして十何度も温度差。着る物より体が変化についてゆくのが大変。風邪だかコロナだか判明つかない病にかかっている人が多くなって居り、コロナの後遺症ではと不安になる。

久方振りに浅草に行く用事があり街中を歩いた。結構人出は多かったが、昔の店が消え、新しい街中が生れようとして居り、下町の風情が少しずつ消え変りゆく浅草を感じた。この現象は全国的だろう。伝統的日本の良さが消え、今様に変化する我国の行末を思うと、一抹の淋しさ。

為替レート１４５円で悲痛なさけび、物価が上がり。古い話だが1ドル３６０円と決まったのは昭和24年、占領時代ＧＨＱ（占領軍総司令部）の一方的判断で決められた。終戦時為替レートは輸出商品によりまちまちだったが３６０円に決められた。今の日本、しっかりして下さいと頼みたい。

## ２０２２年【11月】

暦の枚数が残り一枚となった。今年も早く感じた一年だった。残り少ない人生、ますます早まるだろう。早く過ぎる様に感じるのは充実した日々を生きているに他ならない。物価が上がって政治はと文句の10個も言っていると、日が短い、今が日照時間も短い。日暮れて道遠しか。

11月に入ると物の値段がまたあがった。円安はとどまる所知らない。賃金も上げにくくなっていく。国はバラ撒きに専念、対策も練らない、安易な方法、抜本的解決はできない。思い切って消費税を下げるべきである。公平なやり方であり、一時的でも良い条件つきでも良い。下げるべきだ。

座り方悪く左足を痛めたので休日の掃除も雑にすましてしまい、四角な座敷丸く掃く方式、それもすご丸で、よく言ったものだと思いつつ掃除機を使う。やらないよりやった方が良いと言ってこれも運動。お陰で足の痛みとれ、治癒力ありを知る。まだ捨てたものではない。

相撲九州場所番付発表。玉鷲3年ぶり三役復活。頑張っている姿に感動する。

朝から腹が立つ　通勤途上、乗車口附近に足を踏ん張ってスマホに夢中、下車できない。電車が駅に着いたら乗降者のため少しは気遣いが欲しいものだ。全く自己中。最近こういう人が益々増えている。如何なものか。

立冬　確かに朝晩寒くなり冬来る。初雪の情報も耳に。本格的寒さを迎え、諸物価の値上り家計への影響は日々重くなる。長年デフレで安いが当然から、ウクライナ問題を機に物価上昇円安と、国民の大半はアレヨアレヨの日々の暮し。どうあるべきか、どうすべきか、成り行き任せではなくキチンと説明が欲しい。

国会も統一教会宗教の問題ばかり、何いつまでとの思いすら……日々の暮しをどうするか、すべきか、賃上げといっても物価の上昇に追いつかない。税金の使い方、垂れ流しではなく途筋を考え、有効・効果のある金の使い方を望む。

久しぶりに集りがあり珍しく二日酔い。酒に弱くなったなと実感。かつてなかった事なので我ながら思い知らされ一抹の淋しさ。しかし飲んだ翌日は早く出掛けるんだ、厳しく言われていたので、気の持ち様だ、シャキッとして出勤に及ぶ。

『日経』の社説で都内では昨年、自転車側の過失が大きい事故が約５５００件おきた、過去10年間で最も多い。神田から秋葉原まで歩いたら、２台、年配者が自転車で歩道を走っていた。我が物顔で平然とルール無視。自転車は道路交通法の「軽車両」にあたり、原則として車道の左側を走行するルールがある。最近日暮れが早くなって居り、薄暗くなった時ママチャリと称した子供乗せ猛スピードで追い越していく自転車は恐い。正しい乗り方、交通法規を守ってほしい。安全に対する意識が大切である。



相撲が始まった。今年最後の場所、今までに見たことのない光景、会場は空席が目立ち驚く。年一度の九州場所、九州出身力士が少ないのか、やはり横綱休場の影響なのか、はたまたコロナ禍か。しかし若手の台頭で小結が多く楽しみが増してきている。朝乃山の雄姿も早く見たい。

誕生日一日違いの熱海富士　応援している。初日が出た、何とかして勝ち越して勝ち越してと祈る気持。久々にかつてないハラハラドキドキ。

新聞休刊日は何か物足りない。毎日読む癖がついて居り習慣になっていて、読まないと物足りない。

読み物としては実に面白く解り易いし、あれだけの紙面が活字で埋まっている。くまなく読まないとモッタイナイ。『日経』の春秋は必ず声を出して読んでいる。配達する人を思ってか、休刊日が前より多くなり実に悲しい。

最近の果物は絶品。何を食しても美味しい。糖度が高く形も大きめに。日本人の味覚が変わってきているのかと思える。これだけ生産者の熱い志、研究の成果かと感心しながら、ウマイと連発し収穫の秋を楽しんでいる。

人は色々で面白い。町会のゴミ収集の場所提供し、ゴミのネット出しはするが、終った後しまうのは当番制で担当者が二週交代。きちんと畳んでしまう人、中には終った後掃き掃除までする人、はたまたそのまま放り投げておく人、性格が出て居り観察には事欠かない。人の振り見て我が振りなおせ、この言葉がいみじくも浮かぶ。日頃の生活スタイルが全て。

歯の検診で錦町まで歩いて　舗道は銀杏の葉が黄色く色づき今や盛り、中には風にあおられさらさらと落葉。都会のド真中での秋の風物詩。深まりゆく秋、物価高、円安、ウクライナと問題を抱えるだけ抱えての晩秋なりか。

国会議員の劣化ここにあり。新曲を発売しました、お買い上げ下さいと。言うにも事欠いて驚きあきれ、開いた口がふさがらないとはこの事か。人気があれば誰でも良い代議士選び。投票した国民は大いに反省すべき。このところのウケ狙い発言、政党も国民も人選について責任ある姿勢を持つべきだ。

相撲も終盤戦　面白く連日の熱戦　若手関脇小結と力の入った取組に思わず見入ってしまう。大関不甲斐ないがこれも時間の問題。相撲は強くないと取口が上手でも勝たねば何の意味も持たない。遠藤の時代は終った。残念だが……。

テレビに映る男の顔が皆同じに見える。昔から男の顔は自然の作品、女の顔は芸術品と言葉があるが、最近の男子は芸術品的に。先ず髭すら見ない。役柄で髭を生やす以外は皆無に近い。さすがスポーツ選手には髭面が多く濃い。若い男も女も全体的にはきれいになって芸術品になっているように見受ける。

応援している力士同士の組合せの時は困る。両方に勝たせたいが、白黒つけるのが勝負の世界、祈る気持でじっと見入る。今場所の優勝力士が見えてこない。横綱不在、誰が優勝しても……むしろ一般の相撲人気の方が心痛む。観客ガラガラ、こんな様子何十年ぶりかな。

令和4年／2022年11月

サッカー人気は盛上っている。今朝電車がすいていた。寝坊して遅れたか、休みをとった人が多かったのか。政治と金の問題、統一教会と、国会は荒れ、任命責任云々と。重要法案、予算審議と山積しているなか、国民はサッカーに浮かれ、何て平和な国でしょう。郵便局で振込手数料の高いのに驚く。1000円振り込むのに313円かかった。何たる事。手数料が上がったことは承知していたが振り込む機会がなかったので実際やってみて驚くばかり。庶民の味方と謳われて来た郵便局が〝何をか云わんや〟まったくの自己中。怒りを通り越して諦め、そこが狙いか……。

**2022年【12月】**

朝の明けも遅く、夕方も暗くなるのが早い。寒さと共に暮れゆくのが早く、寒さと重なり寂しさが増す、一年のうち最も暗い気分到来。20日あまりで畳み一目ずつ日が延びると言われる。じっとその時を辛抱強く待てば海路の日和あり、と……。

本年度最後の酉の市へ昼間出掛けた。人出は少なく混んでいなかったので、お詣りが待たされる事なくすんだ。景気祈願かちょうちんが多くあがっていた様に思えた。例年通りの熊手買い事務所に飾り、夕方宴会で神田の行きつけの店で楽しく一献傾けた。商売繁盛!!

ついに今年も師走に突入か。コロナで幕開けコロナで暮れる3年は長い。収束の見通しは立たず、今またむしろ増えている。繁華街、旅行とかなり人流は多く、何処も混んでいる様だ。

予算委員会の国会中継、回りくどい質問に役人の書いた答弁書棒読みの大臣、見ていられない。中継のない所で議論して貰いたい位、ガッカリ。質問する側もされる側も、国民の一人としてこの状況を見ているのはしのびない。実の有る質疑をのぞむ。

早朝暗い中家を出るので全く食欲もなく、ひたすら出勤に勤しむ。事務所に着きホッとする。昼食が楽しみとなり、新米炊き、おかずは持参して毎日美味しいお昼ご飯で一応バランスを考えて。元気だけが取り柄で頑張る事は良い事と考える。

朝から腹立ち、お節介をしてしまう。山手線日暮里から乗る。優先席側から乗車。体の不自由な方が杖つき立っている。近くに居る人座っている人無関心。思わず、その方が立っている前の40代位の女性に、この方に代わってあげて下さいと言って座らせた。その隣はもっと若い男性、寝た振りしてた。神田で降りたのでその先はわからない。これが今の日本人なのか……思いやりに欠けた自己虫。

## 令和４年／2022年12月

電車に乗る時間、乗り口も決まっているので、このところ身体の不自由な方と毎朝顔を合わせる様になり、今朝もその方が座れない状態、すがるような眼に合い、まわりは無関心。腹が立った。若い人に代わってあげてとつい言ってしまった。ところが怒り出した。この馬鹿者と思いつつ、気の毒でしょうと一言言い無視。何たることだ。いたわりの心を持てよと心の中で毒づく。

天気予報が親切すぎる。暑さ寒さ対策は自分で考えるのが原則。雨が降るか否か、晴れるか風は強いか云々で、この程度の予報で、あくまで参考であって、着物の調整、洗濯が乾くか否かとか、自分の判断で良いはず。微に入り細かい所まで報道、やりすぎに思える。自分で判断考える事が大事。

マルチ商法、投資の事で多額の金をだまされたと報道を耳にする。あんなにも簡単にだまされる人がいるんだといつも驚く。努力せず口先だけでお金が稼げる事なんてあり得ない。コツコツ働く、頑張る姿勢の問題である。「旨い事は二度考えよう」と言葉がある。立ち止る事が大切。

知人の息子から久しぶりに電話があり、どうしたの……と聞くと「お母ちゃんが馬鹿になっちゃった」とセリフが返ってきた。遅かれ早かれ通る途よ、タマタマ早く通っただけと答え、次の言葉を失う。本人に代わると極めて元気そう。明るく会話を交わしたが、やはり前とは違和感。身につまされる思いがした。

今年最後の満月とやら。日の入りが最も早い。午後4時10分位で暗くなる。日の出も遅く、家を出る時東の空に茜色がかすかに差してくる。今日は良い天気かなと思い、足早に駅に向う今日この頃。

歳暮頂き、礼状書きながら人となりなど思い浮かべる。懐かしく有難く、今年も忘れず心にかけてくれたかと思うと感謝の気持で一杯になる。無為に今年も年を重ねたかと恥入る気持も強い。

3年ぶりにドライブを兼ね、同乗し九十九里まで行った。コロナ禍で風景が変っていた。途中街中は戸建の家が増えたりで都会的になり、個人経営商店は全くなくなって居り驚く。大型スーパー、道の駅などに変身して、全く車社会を物語っている。

手帳派・スマホ派と二分している。若い人はスマホだが、昔から手帳派なのでメモを細かく記す習性があり、重要な事柄は色を変え目立つ工夫している。そんな細かい字読めますねと言われるが、自分で書いた物だけにどんな細かい部分も解る。メモ書くと安心する。確実に記憶している。これは長年の習性。

認知症になった人と逢う機会があり、大変なショックを受けた。ああなったらどうしよう。あんなに賢い人が。恐ろしい病気だと途方に暮れた。命長ければ恥多しか……。

忘年会の話が来る様になった。全く2年間は集りがなく年末年始を過した。感染者が増えている今だが、世の中は一種のコロナ慣れで麻痺状態。特別警戒の様子もなく、出掛けている人も多く、経済も職種によっては挽回している様子。守るべきは基本的な手洗いマスク換気かな……しかし感染者は増えている。

防衛増税が話題になっている。増税ありきでなく、国会議員が率先して身の廻りの経費節減、税金で賄われている部分見直して、国民の負担を考えるべき。金額が少なくてもその姿勢が欲しい。国の防衛の大切さは充分理解しているし、そうしなければならない事も。しかし、先ずは塊より始めよと言いたい。

納めの観音　一年最後の縁日　浅草羽子板市が開かれた。縁起物として毎年出掛けていた。必ず同道してくれた岩田さんが亡くなってから全く行かなくなった今では、懐かしい思い出市。その当時の羽子板眺め、人の世の移り変わりを思い知ります。

朝、南東の空の三日月を背に駅へ向う。冬至、明日から日が伸び冬が去って春が来る。寒さを乗り切るカボチャ食べ、柚子湯に入ると風邪をひかないと昔から言われていた。香りが良くリラックスしてあたたまる。今年も残すところ何日と数える日数。コロナ収束のないまま、年は去る。

コロナは自己防衛が出来るがウクライナは気の毒だ。寒空に暖房も食糧もすべてに不自由を強いられ、いつ果てるとも見通せない戦争の悲劇。他国の事とは思えない。日本も戦争で多くの犠牲者を出し、その傷もいまだ癒えない。決して消えるものではない。

令和４年／2022年12月

コロナ３年間の空白期間は世の中の有り様も人的交流も、思いも寄らない変化をもたらした。働き方の変化、ＤＸへの変換は、それなり合理性の元にそうあるべき姿になった事は歓迎であるが、人との接触度、親密度、人とのかかわりの部分が欠ける。合理性求められ、人間の温もりがなくなった。

東京都の戸建住宅にソーラーパネル設置義務化した。つける時だけ話題になっているが、環境破壊問題とどうつなげるか一考すべき時が来ている様に思う。コンクリート化した川、テトラポットで海岸線が見るも無残な姿を露呈、山、川、海も、自然が壊され、メダカ、蛍も見ない。

ソーラーパネルに耐用年数が来て劣化した時の処理をどうするのか、考えた上での設置義務なのか問いたい。近隣の林などは更地にしてソーラーパネル設置場所化している。我用引水では困る。

## 令和5年／2023年

### 2023年【1月】



好天に恵まれた関東　暖かな正月だった。恵まれた日々を暮せて倖せであるが、寒空のもと連日戦争のウクライナのこと思うと悲惨の日々。食べる事、飲む、寝るなんて安閑さはないだろう。何とかして悲劇がなくなってくれるよう祈る事だけしかできない。

テレビで芝居の中継を観た。芝居は一日の早学問と言うが確かに感ずるものがあり。盛んに見て居た当時の子役が今や主流、年代を思い知った。コロナで3回公演となっており演目も少なく、大向うからの声も出せずプロ以外は禁止。元の様に戻るまで行くのは控えようと思った。

久方振りに新宿に出かけた。西口は開発中で全く変わってしまい驚く、人出の多いのにも。こんなに人がワイテいるのかと思う位コロナ前と変りない様に思えた。感染者は増えている、仕方ないか。

親子3人優先席に座り、低学年の子が靴を履いたまま座席に乗り外を見ると、父親が靴を脱がせた。子供がなぜ脱ぐのと聞くが父は答えず、母親は無心にスマホ。我々の育った頃は良い悪いを言い聞かされた。まもなく男の子は自分で靴を履き座席に乗り外を見続けた。両親はスマホに夢中。今や様変りした実態。

正月晴着を着てオシャレしている姿は皆無だ。普段着のままの女性が何と多いことか。総理の記者会見の姿、正月くらい新調した背広着て欲しい。襟と首が離れて、ポケットに物がつまりパンパンに膨れている。背広ポッケがバッグ代わり、一国の総理のスタイル。見ている方の顔が赤くなる、アラーハズカシヤ。

相撲が連日熱戦を繰り広げている。さすが正月場所、満員御礼の札が下がる。例年の様なオシャレした人の姿は見受けないが。まだ黙食だし声が出せない。コロナですべてが様変りしてしまった。力士が土俵入りで上る時、審判に挨拶して手刀を切る。若元春が一番丁寧にきちんと頭を下げ、極めて好感度良い。他の力士は形だけで無造作である。こんなところも見るのも一興かな。

異次元云々子育て支援、防衛費と結局が増税。人口減に歯止めかけるため支援金で釣り上げ、そう簡単にはいかない。異次元の言葉羅列、現実味なく、増税論が透けて見える。国民は増税を理解したと言うなら、先ず議員数削減、毎月の通信費諸経費返上と、足元の改革して、それからでしょう、国民に問うのは……。

令和5年／2023年1月

サンマの姿を見なくなった。昨年は銚子漁港のサンマ水揚げは0とのこと。4年連続で過去最低を記録したと『日経』で知る。サンマもニシン同様姿を消すのか……一尾丸ごと塩焼きの味、目黒のサンマも遠くなりにけりか。

ああ、またやってしまった　某美術館に行った。狭くてトイレが少なくてとか文句を言い、入口をふさいでと必要もない事まで口にした。老婆心切（とかく必要もない事世話を焼く）新年早々に反省、セクハラに気をつけなくては。

隠岐の海が引退　18年間土俵人生。威風堂々と土俵上での姿が浮ぶ。北の富士さんの解説の中で立合に変化は一回もしなかった。八角親方の指導と聞き、さすがと。そんな力士が一人でも居たかと思うと感心の極みである。変化で勝つ姿はみにくく後味が悪く、技と言うが情けなくがっかりする。それをしなかった隠岐の海アッパレ……後進の指導にあたり大いに期待します。

一年で最も冷え込む時期　大寒を迎え凍てつく寒さに汲まれる寒の水。日本酒、味噌の仕込みに使われ、日本酒は春先に楽しみが一段と増します。何よりも日本酒好きにとっては、この寒さは必要なのです。今年は梅が一輪もほころばない、例年より寒い様だ。日本酒は本当にウマイ!!

大寒を迎える寒さの中、侘助が凛として咲、花の白さがあたりを一段と明るくしている。小鳥が花の蜜を啄ばんでいる。こうして循環し生きとし生けるものの自然なのだ。人間もこうありたい。

ワクチンを打つ事迷っていたが、迷いに迷い、3回目を打った。何の反応もなく、前よりも反応なく、逆に心配した。コロナに対してますます神経質になっている。何事も基本が大事。換気手洗、前より心をして暮している。病は一に看病、二に薬。人の手当ぬくもりなのだ。

保険会社との打ち合わせがあり　デジタル化して行く、紙ベースがなくなる方向。DXの時代なのにと思っていただけに早くそうなって欲しいと望む所である。時代の変化、無用の用覚える（家の中の年寄りの存在）すべてではなくとも近づく努力。

初場所の相撲は面白かった。力士の熱戦繰り広げ懸命に戦っている姿は感銘を受けた。大関一人場所責任果たした形での優勝、コメントは爽やかで好感度良かった。大阪場所も力士の皆さん頑張って。

関東地方は天気予報が外れて本当に良かった。二三日前から雪が降り大変さを予報に至ったが、寒い事はまれに見る寒さだったが雪が降らず、ほっと胸をなでおろした。靴の心配したり、いつもより寒さの中、早めの出勤で事なきを得て良かった。それにひきかえ豪雪地帯のご苦労は大変な日々と推察している。

令和５年／2023年１月

豪雪地帯の方々にお見舞い　どうぞくれぐれも気をつけて。関東は雪を免れたが乾燥がものすごく、こんな時は特に火の用心が大切。このところ火事が多く人が亡くなっている。むごい出来事だ。密集した場所などは特に一人ひとりが火事に対し気をつけないといけない。火災保険は生活支援資金です。

残すところわずかになった睦月。明白な判明もなく、結論出ずウヤムヤのコロナ収束の状況。待ってましたとばかり繁華街は人出多く驚くばかり。これも仕方ないか、3年も我慢したんだから。その間の経済の疲弊、自宅待機などなど、暮らし方の変則と人々の気持も解らないではない。

国会が始まった。自分とは程遠い感じでいる国民が多いのでは。もっと政治に関心を持ち自分で情勢を見極め政治家を選ぶ事が大切である。無能の人を選んだ国民の責任は大きい。駄目出しをする前に選ぶ事の大切さを実感すべきだ。時の人気者、名前が知れ渡っている……国会議員とはそんな軽輩ではないはずだ。年間2億円以上税金が投入されている国会議員、今こそ政治の大切さを実感する国民は多いはず。人口減の日本、議員数は多いので見直す議論に入って欲しい。国民は物価高エネルギー問題と悩み多き日々で寒さが一段と厳しく身にしみる。

赤坂に仕事で出掛け、人出の多いのに驚く。店構えもかなりの変り方で、神田と赤坂の違いをまざまざ目にした。コロナなど全くなかった平時の如き、マスクしている人も少ない。コロナにおびえて暮していたが嘘の様に思え、良い事と思いつつも一種の不安は否めない。

# 〈付篇〉我孫子のバーサン『養生訓』

歳を重ね、いくつかの「**心得**」を自分に義務づけるため編み出した。これを友人に話したら「できない」を連発。「できない」ではない、「しない」だけ。それは自らが劣化につながる。どうしたら他人から好感持たれ接触でき、大切にされるとは、と毅然とした姿勢、生き方を決して迎合することなく過ごしたいものだ。

**【我孫子の83（バーサン）養生訓（全27篇）】**

**（1）**

一に健康、二に健康、三に多少の飲代（のみしろ）、四は友人、五に仕事・趣味、六に10～20代のボーイフレンドを持つ（それ以上はNG）、七はお洒落して観劇（歌舞伎・落語・オペラ）。

**（2）**

健康に暮らすには、自分の体は普く（あまね）鍛え筋力を維持。家事はなるたけ便利な器具は使わない。知恵と努力で体を使う。外に出て運動する必要なし。きれいになり気分が良く、カネはかからない。一石二鳥である。

**（3）**

毎日の体の調子は自分に聞け。薬の飲み過ぎは避け、早寝早起き。数値には神経質にならない。但し睡眠と入浴は大事。軽く見てはいけない。

(4)
食べ物は旬の物を好み、栄養学云々と雑音に迷わされない。今食べたい物を食べるに限る。体の70%は水分であるから、水は良く飲む。命の水が大切。

(5)
欲を言うならば、死ぬまで現役で、外に出て人と関わりを持ち、多少の晩酌代を稼ぐ。この三つが出来ればそれ以上何を求めようか。

(6)
年齢と共に身辺整理は他人に依存せずを心掛ける。

〝捨てるに勝る片付けなし〟(押入、冷蔵庫等食べ残し物、ゴミ捨ての日は特に庫内をよく調べる)。整理は思い切りと割り切りが大切。三つの禁句 ①もったいない ②まだ使える ③まだ食べられる。

(7)
先ずは足元、手元から。
・足元……履物(下駄箱の主(ヌシ)=履かない草履、靴)
・手元……鉛筆、ボールペン、雨傘(ビニール系は先ず対象)
・衣類……シーズン用衣類、家庭着は一夏一冬で片をつける。

(8)
貯蔵庫……調味料、乾物は賞味期限を確かめる(一ヵ月に一度はしたいもの)。

薬…………今何を服用しているかを確認（サプリメントは常用か否かを確認）。
調味料……余分な物はあまり置かない（せいぜい余分は一本位にする）。

(9)

朝型～夜型を知る。

・早寝早起　仕事は午前中に片付け夜は青い光にいつまでも当たらない。テレビ、スマホを避ける。
・深い眠りで短時間に睡眠とるのが理想。
・早起して明るい太陽の光を浴びる（体内スイッチ切替）。

(10)

一日の過し方（運動のつもりで）。

・掃除に心掛ける（出来るだけ決った行動を取る）。
・掃除機、拭き掃除（台所、流し台、ガス台）を毎日する。
・湯殿……人員によりけり。多ければ毎日、少なければ3日に一度。
・炊事……一～二品、料理をつくる（脳活性化と冷蔵庫整理のため）。

(11)

人として養生は安定、適宜。

「心」心の平和（穏やかなれば良い環境に恵まれ、ストレス付加少なし）。
「体」適量の運動（筋力つければ足腰痛みなし）。
「金」働く事で収入得る（金は持ち過ぎない、適量、多く金を持つとケチになる）。

⑿高齢化社会

・65歳以上26％（如何に元気な高齢者を増やすかが課題）。
・依存せず自力で生きる力。
・働き続ける人を増し安定を図る。

⒀

工夫……三つの合（物事の筋道を考える）「合法」「合理」「合流」を図る。

⒁

健康寿命で過すために。
・生活の規則は自分流（一日家に居る時は仕事の割り振り、段取りを考える）。
・食事の支度は他人に頼らず自分で作る。
・運動のため拭き掃除をこまめに行う（一ヵ所だけいつもと違った所を見つけ行う）。
・仕事は午前中に済ませる、午後は読書または何かを書く（本の感想や思ったことを書き綴る）。
・ペンを持つこと習慣にする。
・テレビはなるたけ見ない。

⒂

人生はコツコツの積上である。
良い事の積上は、年を重ねるとより良い効果をもたらす。

悪い事の積上は、年を重ねるとより身体財力すべてに欠陥、欠如を招く。

⑯

テレビの見過ぎ、スマホの使い過ぎは、目、首、肩を痛める。

イヤホンの連日ボリウム大は難聴になる。

若い時から体を良く動かさないと筋力の衰えから膝、腰が痛くなる。

日々鍛錬心掛ける。

⑰

健康寿命とは　年を重ねてもストレスをためない生き方。

恥をかいても恥と思うな。言い過ぎたと悩まない。

⑱

何事も自分のためと思い体を使う。生活は自力でこなす事を心掛け。自分力で他人への依存は小さく。

出来ると思うな仕事と自力。やり過ぎ、無理は人様の迷惑と思え。

⑲

口は災いの元。ユーモアの言語は可、致命的な言語は不可。笑いは福来るをモットーに。

⑳

一人暮しの勝手気儘、誰の制約もなく自主的に暮しているが、完全に孤独ではない。遠くの親戚より近くの他人で、全く良い関係が成立し、棟違いの家族と言ってくれる。

㉑

しかしあくまで原則は自分でする。甘えず、依存せず、自分の事は自分で。健康は自分の体に耳を傾け対処する。薬は飲み過ぎず、食事はバランス良く。食は面倒臭がらず準備して作る。コンビニ弁当は厳禁。

(22)

運動は体を動かす事。掃除洗濯を念入りに楽しんでする。細まめにすればいつも気持ち良く暮せる。電車は40分立ち筋力を鍛えるため早朝出勤。

(23)

テレビ、パソコン、青い光を出すものは夜8時までとする。早寝早起き、翌朝前日の日記をつけ、どの位記憶しているか確認。読む、書くことは怠ってはいけない。

(24)

常に人と関わりが必要。若い人達と関わりを持ち、人の集る環境をつくり、夕には好きな酒を楽しむ。

(25)

年のとり方。健康はすべてではないが、健康でないとすべて失う。年を重ねると金と時間はかかる。タイム・マネー・ヘルス。

(26)

生活習慣の見直し（自律的生活を）。
・若い人に依存しない。
・薬に依存しない。

・テレビ見過ぎない。
・人と関り孤独にならない。
・外向きを億劫がらない。

(27)

すべて自分のために、健康で過ごし医療費をかけない事（看護を受けないための暮し方）。
・避けて通りたい認知症、頭と手の使い方（打つより書く）。
・物理的なことは淡白を旨とする。
・規律ある暮し方（ダラダラしない）。
・日々段取りつけ創造する。
・テレビより読書。

**【認知症にならないために】**

①書くこと。鉛筆、ペンを持つ（筆力の加減は自分にあった方法。物書きの仕事をしている人は認知症が少ない）。小文でも俳句でも、言葉を紡ぐ事が大切。
②テレビよりは新聞、雑誌、小説を読むこと。
③炊事は疎かにしない。丁寧に、素材を活かす工夫を考える。
④依存せず、自力で生きる努力と工夫。
⑤体をよく動かす。

⑥何気なく物を置かない。自分で確認、ここに置くをインプット。
⑦薬の飲み過ぎは避ける。

**【休日の過ごし方】**

①平日と変わらぬ時間に起き、いつもやらなかった事を念入りにこなす。窓ふき、絨毯ふき、風呂、洗面台)。
②炊事には手間暇かけ丁寧に行う。
③作り置きできる料理を考える。
④物入れを点検、無駄をなくす事に努める。冷蔵庫内の処分は思い切って。
⑤貰い物は自分の消費量を知り、出来るだけ早い内に福分けする。
⑥通勤しなかった分、家の中の雑事で体を使う。
⑦テレビよりは新聞、本を読む。

**【健康維持の10ヶ条（日々の暮らし）】**

①早寝早起、特に朝は日の出と同時に起き窓を開け、太陽光を目に。
②先ず口腔は清潔にし、大きめのコップに一杯の水を飲む。
③朝食は食べられる様であれば果物中心に食べる。
④食欲のない時は無理せず旬の果物を少々。

⑤便通は整え一日一回朝済ます。
⑥外出時でも時間があれば掃除機くらいはかける。
⑦電車は座らないがモットー、座れる時は座っても上野まで。
⑧昼食はバランス良い食事をとる。外食の弁当は避ける。
⑨人と良く会話を楽しむ。
⑩晩酌は欠かさない一日の楽しみ、総仕上げ。（家飲み外飲みでも）最後の晩餐と思う。

# おわりに

本書出版にあたり、何か書いてよとお願いしたら、心よく引受け下さった、
元水産庁長官・元林野庁長官 中須 勇雄 様
雑報の会員でもあり、本にする様勧めてくれた、
（一財）都市農山漁村交流活性化機構 臼杵 徳一 様
出版にあたり何かとご尽力頂き、ニューズウィーク誌「世界が尊敬する日本人」に選ばれた人だけに、忌憚のない意見頂き参考になりました。
（一社）生態系総合研究所代表理事 小松 正之 様。
出版社（株）雄山閣　宮田 哲男 社長

北嶋 香織 さん

彼女から以下のような推薦の言葉をいただきました。

35歳なのにバーサン?? というパワフル社長の楽しいツブヤキ、
たくさんの方に読んで欲しいです!

株式会社カワシマ職員　北嶋 香織

他人(ヒト)は彼女を〝香りん〟と呼ぶ。名は体を表す、香りを醸し出す如くさわやかな清々しい人柄で、損害保険の実務と能力は誰にも引けを取らない働き方の持主でかけがえのないパートナー。そしてまるで親子の様な関係で毎日過ごしている。倖せな事である。
長く仕事が続けられるのは香りんあってと誰もが賞賛しています。

心より厚くお礼申し上げます。

2023年2月24日

川島 幸子

■著者紹介

川島幸子（かわしま ゆきこ）
株式会社カワシマ　代表取締役
www.ykawashima.co.jp
東京都千代田区神田多町 2-9 神田 MIC ビル 4F
Tel. 03-6206-9566　Fax.03-6206-4873

令和 5 年（2023） 6 月 25 日 初版第一刷発行　《検印省略》

# バーサンのつぶやき

著　者　川島幸子
発行者　宮田哲男
発行所　株式会社 雄山閣
〒 102-0071　東京都千代田区富士見 2-6-9
ＴＥＬ　03-3262-3231 ／ＦＡＸ　03-3262-6938
ＵＲＬ　https://www.yuzankaku.co.jp
e-mail　info@yuzankaku.co.jp
振　替：00130-5-1685
印刷・製本　株式会社ティーケー出版印刷


ISBN978-4-639-02915-1　C0095
N.D.C.914　296p　19cm